Roald Dahl

Gelée Royale

Drei ungewöhnliche Geschichten

Aus dem Englischen von
Wolfheinrich von der Mülbe

rororo

Rowohlt

Veröffentlicht im
Rowohlt Taschenbuch Verlag GmbH,
Reinbek bei Hamburg, Januar 1996
Die Erzählungen der vorliegenden
Ausgabe wurden dem Band
«Küßchen, Küßchen!» entnommen

Umschlaggestaltung: Walter Hellmann/Beate Becker
(Illustration: Jürgen Wulff)
Gesetzt aus der Sabon (Linotronic 500)
Gesamtherstellung Clausen & Bosse, Leck
Printed in Germany
200-ISBN 3 499 22014 8

Inhalt

Die Wirtin

Billy Weaver hatte London nachmittags mit dem Personenzug verlassen, war unterwegs in Swindon umgestiegen, und als er in Bath ankam, war es etwa neun Uhr abends. Über den Häusern am Bahnhof ging der Mond auf; der Himmel war sternklar, die Luft schneidend kalt, und Billy spürte den Wind wie eine flache, eisige Klinge auf seinen Wangen.

«Entschuldigen Sie», sagte er, «gibt es hier in der Nähe ein nicht zu teueres Hotel?»

«Versuchen Sie's mal im *Bell and Dragon*», antwortete der Gepäckträger und wies die Straße hinunter. «Da können Sie vielleicht unterkommen. Es ist ungefähr eine Viertelmeile von hier auf der anderen Seite.»

Billy dankte ihm, nahm seinen Koffer und machte sich auf, die Viertelmeile zum *Bell and Dragon* zu gehen. Er war noch nie in Bath gewesen und kannte niemanden im Ort. Aber Mr. Greenslade vom Zentralbüro in London hatte ihm versichert, es sei eine herrliche Stadt. «Suchen Sie sich ein Zimmer», hatte er gesagt, «und wenn das erledigt ist, melden Sie sich sofort bei unserem Filialleiter.»

Billy war siebzehn Jahre alt. Er trug einen neuen marineblauen Mantel, einen neuen braunen Hut und einen neuen braunen Anzug. Seine Stimmung war glänzend, und er schritt energisch aus. In letzter Zeit bemühte er sich, alles energisch zu tun, denn seiner Ansicht nach war Energie das hervorstechendste Kennzeichen erfolgreicher Geschäftsleute. Die großen Tiere in der Direktion waren immer phantastisch energiegeladen. Billy bewunderte sie sehr.

In der breiten Straße, die er entlangging, gab es keine Läden, sondern nur zwei Reihen hoher Häuser, von denen eines wie das andere aussah. Alle hatten Portale und Säulen, zu den Haustüren führten vier oder fünf Stufen hinauf, und zweifellos hatten hier einmal vornehme Leute gewohnt. Jetzt aber bemerkte man sogar im Dunkeln, daß von den Türen und Fensterrahmen die Farbe abblätterte und daß die weißen Fassaden im Laufe der Jahre rissig und fleckig geworden waren.

Plötzlich fiel Billys Blick auf ein Fenster zu ebener Erde, das von einer Straßenlaterne hell beleuchtet wurde. An einer der oberen

Scheiben klebte ein Zettel. *Zimmer mit Frühstück* lautete die gedruckte Aufschrift. Unter dem Zettel stand eine Vase mit schönen großen Weidenkätzchen. Er blieb stehen. Dann trat er etwas näher. An beiden Seiten des Fensters hingen grüne Gardinen aus einem samtartigen Gewebe. Die gelben Weidenkätzchen paßten wunderbar dazu. Er ging ganz dicht heran und spähte durch die Fensterscheibe ins Zimmer. Das erste, was er sah, war der Kamin, in dem ein helles Feuer brannte. Auf dem Teppich vor dem Feuer lag ein hübscher kleiner Dackel, zusammengerollt, die Nase unter dem Bauch. Das Zimmer war, soweit Billy im Halbdunkel erkennen konnte, recht freundlich eingerichtet. Außer einem großen Sofa und mehreren schweren Lehnsesseln war noch ein Klavier da, und in einer Ecke entdeckte er einen Papagei im Käfig. Billy sagte sich, daß Tiere eigentlich immer ein gutes Zeichen seien, und auch sonst hatte er den Eindruck, in diesem Haus könne man eine anständige Unterkunft finden. Sicherlich lebte es sich hier behaglicher als im *Bell and Dragon*.

Andererseits war ein Gasthof vielleicht doch vorteilhafter als ein Boardinghouse. Da konnte man abends Bier trinken und sich mit

Pfeilwerfen vergnügen, man hatte Gesellschaft, und außerdem war es gewiß erheblich billiger. Er hatte schon einmal in einem Hotel gewohnt und war recht zufrieden gewesen. Ein Boardinghouse dagegen kannte er nur dem Namen nach, und ehrlich gesagt, hatte er ein wenig Angst davor. Schon das Wort klang nach wässerigem Kohl, habgierigen Wirtinnen und penetrantem Bücklingsgeruch im Wohnzimmer.

Nachdem Billy diese Überlegungen zwei oder drei Minuten lang in der Kälte angestellt hatte, beschloß er, zunächst einen Blick auf das *Bell and Dragon* zu werfen und sich dann endgültig zu entscheiden. Er wandte sich zum Gehen.

Da geschah ihm etwas Seltsames. Als er zurücktrat, um seinen Weg fortzusetzen, wurde sein Blick plötzlich auf höchst merkwürdige Weise von dem Zettel gefesselt, der am Fenster klebte. *Zimmer mit Frühstück*, las er, *Zimmer mit Frühstück*, *Zimmer mit Frühstück*, *Zimmer mit Frühstück*. Jedes Wort war wie ein großes schwarzes Auge, das ihn durch das Glas anstarrte, ihn festhielt, ihn zum Stehenbleiben nötigte, ihn zwang, sich nicht von dem Haus zu entfernen – und ehe er sich's versah, war er von dem Fenster zur

Haustür gegangen, hatte die Stufen erstiegen und die Hand nach dem Klingelknopf ausgestreckt.

Er läutete. Die Glocke schrillte in irgendeinem der hinteren Räume, und gleichzeitig – es mußte gleichzeitig sein, denn er hatte den Finger noch auf dem Knopf – sprang die Tür auf, und vor ihm stand eine Frau.

Wenn man läutet, dauert es gewöhnlich mindestens eine halbe Minute, bevor die Tür geöffnet wird. Aber diese Frau war wie ein Schachtelmännchen: Man drückte auf den Knopf, und schon sprang sie heraus! Geradezu unheimlich war das.

Sie mochte fünfundvierzig bis fünfzig Jahre alt sein, und sie begrüßte ihn mit einem warmen Willkommenslächeln.

«Bitte treten Sie näher», sagte sie freundlich. Sie hielt die Tür weit offen, und Billy ertappte sich dabei, daß er automatisch vorwärts gehen wollte. Der Drang oder vielmehr die Begierde, ihr in dieses Haus zu folgen, war außerordentlich stark.

«Ich habe das Schild im Fenster gesehen», erklärte er, ohne die Schwelle zu überschreiten.

«Ja, ich weiß.»

«Ich suche ein Zimmer.»

«Alles ist für Sie bereit, mein Lieber», antwortete sie. Ihr Gesicht war rund und rosig, der Blick ihrer blauen Augen sehr sanft.

«Ich war auf dem Weg zum *Bell and Dragon*», berichtete Billy. «Aber dann sah ich zufällig dieses Schild in Ihrem Fenster.»

«Lieber Junge», sagte sie, «warum stehen Sie denn in der Kälte? Kommen Sie doch herein.»

«Wieviel kostet das Zimmer?»

«Fünfeinhalb für die Nacht einschließlich Frühstück.»

Das war unglaublich billig. Weniger als die Hälfte des Betrages, mit dem er gerechnet hatte.

«Wenn es zuviel ist», fügte sie hinzu, «kann ich's vielleicht auch ein bißchen billiger machen. Wollen Sie ein Ei zum Frühstück? Eier sind zur Zeit teuer. Ohne Ei kostet es einen halben Shilling weniger.»

«Fünfeinhalb ist ganz gut», erwiderte er. «Ich möchte gern hierbleiben.»

«Das habe ich mir gleich gedacht. Kommen Sie herein.»

Sie schien wirklich sehr nett zu sein. Und sie sah genauso aus wie eine Mutter, die den besten Schulfreund ihres Sohnes für die Weihnachtstage in ihrem Hause willkommen heißt. Billy nahm den Hut ab und trat ein.

«Hängen Sie Ihre Sachen nur dorthin», sagte sie. «Warten Sie, ich helfe Ihnen aus dem Mantel.»

Andere Hüte oder Mäntel waren in der Diele nicht zu sehen. Auch keine Schirme, keine Spazierstöcke – nichts.

«Wir haben hier *alles* für uns allein», bemerkte sie und lächelte ihm über die Schulter zu, während sie ihn die Treppe hinaufführte. «Wissen Sie, ich habe nicht sehr oft das Vergnügen, einen Gast in meinem kleinen Nest zu beherbergen.»

Die Alte ist ein bißchen verdreht, dachte Billy. Aber für fünfeinhalb die Nacht kann man das schon in Kauf nehmen. «Ich hätte geglaubt, Sie wären von Gästen überlaufen», sagte er höflich.

«Bin ich auch, mein Lieber, bin ich auch. Die Sache ist nur so, daß ich dazu neige, ein ganz klein wenig wählerisch und eigen zu sein – wenn Sie verstehen, was ich meine.»

«O ja.»

«Aber bereit bin ich immer. Ja, ich halte Tag und Nacht alles bereit für den Fall, daß einmal ein annehmbarer junger Mann erscheint. Und es ist eine große Freude, mein

Lieber, eine sehr große Freude, wenn ich hie und da die Tür aufmache und jemand vor mir sehe, der *genau* richtig ist.» Sie hatte den Treppenabsatz erreicht, blieb stehen, die eine Hand auf dem Geländer, wandte den Kopf und lächelte mit blassen Lippen auf ihn herab. «Wie Sie», setzte sie hinzu, und der Blick ihrer blauen Augen glitt langsam von Billys Kopf bis zu seinen Füßen und dann wieder hinauf. In der ersten Etage sagte sie zu ihm: «Hier wohne ich.»

Sie stiegen noch eine Treppe höher. «Und dies ist Ihr Reich», fuhr sie fort. «Ich hoffe, Ihr Zimmer gefällt Ihnen.» Damit öffnete sie die Tür eines kleinen, aber sehr hübschen Vorderzimmers und knipste beim Eintreten das Licht an.

«Morgens scheint die Sonne direkt ins Fenster, Mr. Perkins. Sie heißen doch Mr. Perkins, nicht wahr?»

«Nein», sagte er. «Weaver.»

«Mr. Weaver. Wie hübsch. Ich habe eine Wärmflasche ins Bett getan, damit sich die Bezüge nicht so klamm anfühlen. In einem fremden Bett mit frischer Wäsche ist eine Wärmflasche sehr angenehm, finden Sie nicht? Und falls Sie frösteln, können Sie jederzeit den Gasofen anstecken.»

«Danke», sagte Billy. «Haben Sie vielen Dank.» Er bemerkte, daß die Überdecke bereits abgenommen und die Bettdecke an einer Seite zurückgeschlagen war – er brauchte nur noch hineinzuschlüpfen.

«Ich bin so froh, daß Sie gekommen sind», beteuerte sie und blickte ihm ernst ins Gesicht. «Ich hatte mir schon Gedanken gemacht.»

«Alles in Ordnung», antwortete Billy munter. «Gar kein Grund zur Sorge.» Er legte seinen Koffer auf den Stuhl und schickte sich an, ihn zu öffnen.

«Und wie sieht's mit Abendbrot aus, mein Lieber? Haben Sie irgendwo etwas gegessen, bevor Sie herkamen?»

«Danke, ich bin wirklich nicht hungrig», sagte er. «Ich glaube, ich werde so bald wie möglich schlafen gehen, weil ich morgen beizeiten aufstehen und mich im Büro melden muß.»

«Gut, dann will ich Sie jetzt allein lassen, damit Sie auspacken können. Aber ehe Sie sich hinlegen, seien Sie doch bitte so freundlich, unten im Salon Ihre Personalien ins Buch einzutragen. Das muß jeder tun, denn es ist hierzulande Gesetz, und in *diesem* Stadium wollen wir uns doch nach den Gesetzen richten, nicht wahr?» Sie winkte leicht mit der Hand und verließ rasch das Zimmer.

Das absonderliche Benehmen seiner Wirtin beunruhigte Billy nicht im geringsten. Die Frau war ja harmlos – darüber bestand wohl kein Zweifel –, und zudem schien sie eine freundliche, freigebige Seele zu sein. Vermutlich hatte sie im Krieg einen Sohn verloren oder einen anderen Schicksalsschlag erlitten, über den sie nie hinweggekommen war.

Wenig später, nachdem er seinen Koffer ausgepackt und sich die Hände gewaschen hatte, ging er ins Erdgeschoß hinunter und betrat den Salon. Die Wirtin war nicht da, aber im Kamin brannte das Feuer, und davor schlief noch immer der kleine Dackel. Das Zimmer war herrlich warm und gemütlich. Da habe ich Glück gehabt, dachte Billy und rieb sich die Hände. Besser hätte ich's gar nicht treffen können.

Da das Gästebuch offen auf dem Klavier lag, zog er seinen Füllfederhalter heraus, um Namen und Adresse einzuschreiben. Auf der Seite standen bereits zwei Eintragungen, und Billy las sie, wie man es bei Fremdenbüchern immer tut. Der eine Gast war ein gewisser Christopher Mulholland aus Cardiff, der andere hieß Gregory W. Temple und stammte aus Bristol. Merkwürdig, dachte er plötzlich. Christopher Mulholland. Das klingt irgendwie bekannt.

Wo in aller Welt hatte er diesen keineswegs alltäglichen Namen schon gehört?

Ein Mitschüler? Nein. Vielleicht einer der vielen Verehrer seiner Schwester oder ein Freund seines Vaters? Nein, ganz gewiß nicht. Er blickte wieder in das Buch.

Christopher Mulholland, 231 Cathedral Road, Cardiff.

Gregory W. Temple, 27 Sycamore Drive, Bristol.

Wenn er es recht bedachte, hatte der zweite Name einen fast ebenso vertrauten Klang wie der erste.

«Gregory Temple», sagte er laut vor sich hin, während er in seinem Gedächtnis suchte. «Christopher Mulholland...»

«So reizende junge Leute», hörte er eine Stimme hinter sich. Er fuhr herum und sah seine Wirtin ins Zimmer segeln. Sie trug ein großes silbernes Tablett, das sie weit von sich ab hielt, ziemlich hoch, als hätte sie die Zügel eines lebhaften Pferdes in den Händen.

«Die Namen kommen mir so bekannt vor», sagte er.

«Wirklich? Wie interessant.»

«Ich möchte schwören, daß ich sie irgendwoher kenne. Ist das nicht sonderbar? Vielleicht aus der Zeitung. Handelt es sich etwa um berühmte Persönlichkeiten? Kricketspieler, Fußballer oder dergleichen?»

«Berühmt...» Sie stellte das Teebrett auf den niedrigen Tisch vor dem Sofa. «Ach nein, berühmt waren sie wohl nicht. Aber sie waren ungewöhnlich hübsch, alle beide, das kann ich Ihnen versichern. Groß, jung und hübsch, mein Lieber, genau wie Sie.»

Billy beugte sich von neuem über das Buch. «Nanu», rief er, als sein Blick auf die Daten fiel. «Die letzte Eintragung ist ja mehr als zwei Jahre alt.»

«So?»

«Tatsächlich. Und Christopher Mulholland hat sich fast ein Jahr früher eingeschrieben – also vor reichlich drei Jahren.»

«Du meine Güte», sagte sie kopfschüttelnd mit einem gezierten kleinen Seufzer. «Das hätte ich nie gedacht. Wie doch die Zeit verfliegt, nicht wahr, Mr. Wilkins?»

«Ich heiße Weaver», verbesserte Billy. «W-e-a-v-e-r.»

«O ja, natürlich!» Sie setzte sich auf das Sofa. «Wie dumm von mir. Entschuldigen Sie bitte. Zum einen Ohr hinein, zum anderen hinaus, so bin ich nun mal, Mr. Weaver.»

«Wissen Sie», begann Billy von neuem, «was bei alledem höchst merkwürdig ist?»

«Nein, was denn, mein Lieber?»

«Ja, sehen Sie, mit diesen beiden Namen – Mulholland und Temple – verbinde ich nicht nur die Vorstellung von zwei Menschen, die sozusagen unabhängig voneinander existieren, sondern mir scheint auch, daß sie auf irgendeine Art und Weise zusammengehören. Als wären sie beide auf demselben Gebiet bekannt, wenn Sie verstehen, was ich meine – etwa wie... ja... wie Dempsey und Tunney oder wie Churchill und Roosevelt.»

«Sehr amüsant», sagte sie. «Aber kommen Sie, mein Lieber, setzen Sie sich zu mir aufs Sofa. Sie sollen eine Tasse Tee trinken und Ingwerkeks essen, bevor Sie zu Bett gehen.»

«Bemühen Sie sich doch nicht», protestierte Billy. «Machen Sie bitte meinetwegen keine Umstände.» Er lehnte am Klavier und sah zu, wie sie eifrig mit den Tassen und Untertassen hantierte. Sie hatte kleine weiße, sehr bewegliche Hände mit roten Fingernägeln.

«Ich bin überzeugt, daß ich die Namen in

der Zeitung gelesen habe», fuhr Billy fort. «Gleich wird's mir einfallen. Ganz bestimmt.»

Es gibt nichts Quälenderes, als einer Erinnerung nachzujagen, die einem immer wieder entschlüpft. Er mochte nicht aufgeben.

«Warten Sie einen Moment», murmelte er. «Nur einen Moment. Mulholland... Christopher Mulholland... war das nicht der Etonschüler, der eine Wanderung durch Westengland machte und der dann plötzlich...»

«Milch?» fragte sie. «Und Zucker?»

«Ja, bitte. Und der dann plötzlich...»

«Etonschüler?» wiederholte sie. «Ach nein, mein Lieber, das kann nicht stimmen, denn *mein* Mr. Mulholland war kein Etonschüler. Er studierte in Cambridge. Na, wollen Sie denn nicht herkommen und sich an dem schönen Feuer wärmen? Nur zu, ich habe Ihnen schon Tee eingeschenkt.» Sie klopfte leicht auf den Platz an ihrer Seite und schaute Billy erwartungsvoll lächelnd an.

Er durchquerte langsam das Zimmer und setzte sich auf die Sofakante. Sie stellte die Teetasse vor ihn hin.

«So ist's recht», sagte sie. «Wie hübsch und gemütlich das ist, nicht wahr?»

Billy trank seinen Tee, und auch sie nahm ein paar kleine Schlucke. Eine Zeitlang sprachen die beiden kein Wort. Aber Billy wußte, daß sie ihn ansah. Sie hatte sich ihm halb zugewandt, und er spürte, wie sie ihn über den Tassenrand hinweg beobachtete. Hin und wieder streifte ihn wie ein Hauch ein eigenartiger Geruch, der unmittelbar von ihr auszugehen schien und der keineswegs unangenehm war. Ein Duft, der Billy an irgend etwas erinnerte – er konnte nur nicht sagen, an was. Eingemachte Walnüsse? Neues Leder? Oder die Korridore im Krankenhaus?

Schließlich brach sie das Schweigen. «Mr. Mulholland war ein großer Teetrinker. Nie im Leben habe ich jemanden soviel Tee trinken sehen wie den lieben Mr. Mulholland.»

«Ich nehme an, er ist erst vor kurzem ausgezogen», meinte Billy, der noch immer an den beiden Namen herumrätselte. Er war jetzt ganz sicher, daß er sie in der Zeitung gelesen hatte – in den Schlagzeilen.

«Ausgezogen?» Sie hob erstaunt die Brauen. «Aber nein, lieber Junge, er ist gar nicht ausgezogen. Er wohnt noch hier. Mr. Temple auch. Sie sind beide im dritten Stock untergebracht.»

Billy stellte die Tasse vorsichtig auf den

Tisch und starrte seine Wirtin an. Sie lächelte, streckte eine ihrer weißen Hände aus und klopfte ihm beruhigend aufs Knie. «Wie alt sind Sie, mein Freund?»

«Siebzehn.»

«Siebzehn!» rief sie. «Ach, das ist das schönste Alter! Mr. Mulholland war auch siebzehn. Aber ich glaube, er war ein wenig kleiner als Sie, ja, bestimmt war er kleiner, und seine Zähne waren nicht *ganz* so weiß wie Ihre. Sie haben wunderschöne Zähne, Mr. Weaver, wissen Sie das?»

«So gut, wie sie aussehen, sind sie gar nicht», sagte Billy. «Auf der Rückseite haben sie eine Menge Füllungen.»

Sie überhörte seinen Einwurf. «Mr. Temple war natürlich etwas älter», erzählte sie weiter. «Er war schon achtundzwanzig. Aber wenn er mir das nicht verraten hätte, wäre ich nie darauf gekommen, nie im Leben. Sein Körper war ganz ohne Makel.»

«Ohne was?» fragte Billy.

«Er hatte eine Haut wie ein Baby. *Genau* wie ein Baby.»

Es entstand eine Pause. Billy nahm seine Tasse, trank einen Schluck und setzte sie behutsam auf die Untertasse zurück. Er wartete auf irgendeine Bemerkung seiner Wirtin, aber sie hüllte sich in Schweigen. So saß er denn da, blickte unentwegt in die gegenüberliegende Zimmerecke und nagte an seiner Unterlippe.

«Der Papagei dort...» sagte er schließlich. «Wissen Sie, als ich ihn zuerst durchs Fenster sah, bin ich tatsächlich darauf hereingefallen. Ich hätte schwören können, daß er lebt.»

«Leider nicht mehr.»

«Eine ausgezeichnete Arbeit», bemerkte Billy. «Wirklich, er sieht nicht im geringsten tot aus. Wer hat ihn denn ausgestopft?»

«Ich.»

«Sie?»

«Natürlich», bestätigte sie. «Haben Sie schon meinen kleinen Basil gesehen?» Sie deutete mit einer Kopfbewegung auf den Dackel, der so behaglich zusammengerollt vor dem Kamin lag. Billy schaute hin, und plötzlich wurde ihm klar, daß sich das Tier die ganze Zeit ebenso stumm und unbeweglich verhalten hatte wie der Papagei. Er streckte die Hand aus. Der Rücken des Hundes, den er vorsichtig berührte, war hart und kalt, und als er mit den Fingern das Haar beiseite schob, sah er darunter die trockene, gut konservierte, schwarzgraue Haut.

«Du lieber Himmel», rief er, «das ist ja phantastisch!» Er wandte sich von dem Hund ab und blickte voller Bewunderung die kleine Frau an, die neben ihm auf dem Sofa saß. «So etwas muß doch unglaublich schwierig sein.»

«Durchaus nicht», erwiderte sie. «Ich stopfe *alle* meine kleinen Lieblinge aus, wenn sie von mir gehen. Möchten Sie noch eine Tasse Tee?»

«Nein, danke», sagte Billy. Der Tee schmeckte ein wenig nach bitteren Mandeln, und das mochte er nicht.

«Sie haben sich in das Buch eingetragen, nicht wahr?»

«Ja, gewiß.»

«Dann ist es gut. Weil ich später, falls ich Ihren Namen einmal vergessen sollte, immer herunterkommen und im Buch nachschlagen kann. Das tue ich fast täglich mit Mr. Mulholland und Mr. ... Mr. ...»

«Temple», ergänzte Billy. «Gregory Temple. Entschuldigen Sie, aber haben Sie denn außer den beiden in den letzten zwei, drei Jahren gar keine anderen Gäste gehabt?»

Sie hielt die Tasse hoch in der Hand, neigte den Kopf leicht nach links, blickte aus den

Augenwinkeln zu ihm auf, lächelte ihn freundlich an und sagte: «Nein, lieber Freund. Nur Sie.»

Gelée Royale

«Ich mache mir Sorgen, Albert, schreckliche Sorgen.» Mrs. Taylor hielt die Augen auf das Baby gerichtet, das unbeweglich in ihrem linken Arm lag. «Ich weiß genau, da ist irgendwas nicht in Ordnung.»

Die Gesichtshaut des Säuglings war von einem durchsichtigen Weiß und spannte sich straff über die Knochen.

«Versuch's noch mal», riet Albert Taylor.

«Es hilft nichts.»

«Du mußt es immer wieder versuchen.»

Sie nahm die Flasche aus dem Topf mit heißem Wasser und prüfte die Temperatur der Milch, indem sie ein paar Tropfen auf die Innenseite ihres Handgelenks fallen ließ.

«Komm», flüsterte sie. «Komm, mein Liebes. Wach auf und trink noch ein bißchen.»

Die kleine Lampe, die neben ihr auf dem Tisch stand, hüllte sie in sanftes gelbes Licht.

«Bitte», flehte sie, «trink noch ein Schlückchen.»

Ihr Mann beobachtete sie über seine Zeitschrift hinweg. Er sah ihr an, daß sie halb tot vor Erschöpfung war. Ihr blasses ovales Gesicht, das für gewöhnlich so ernst und gelassen wirkte, hatte jetzt einen Ausdruck ratloser Verzweiflung. Aber trotz allem war eine eigenartige Anmut in ihrer Haltung, als sie sich über das Kind beugte.

«Siehst du», murmelte sie. «Es hilft nichts. Sie mag nicht.» Sie hob die Flasche gegen das Licht, damit sie die Maßstriche sehen konnte.

«Wieder nur eine Unze. Mehr hat sie nicht getrunken. Nein – noch nicht einmal soviel. Nur dreiviertel. Davon kann sie doch nicht existieren. Wirklich nicht, Albert. Es quält mich zu Tode.»

«Ich weiß», antwortete er.

«Wenn sie wenigstens herausfinden würden, was ihr fehlt.»

«Nichts fehlt ihr, Mabel. Das ist alles nur eine Frage der Zeit.»

«Natürlich fehlt ihr was.»

«Dr. Robinson ist anderer Meinung.»

Sie stand auf. «Höre mal, du kannst mir nicht einreden, daß es normal ist, wenn ein sechs Wochen altes Kind weniger, sogar *zwei ganze Pfund* weniger wiegt als bei der Geburt. Sieh dir doch die Beine an. Nichts als Haut und Knochen!»

Schlaff und stumm lag das winzige Baby in ihrem Arm.

«Dr. Robinson hat gesagt, du solltest dir keine Sorgen machen, Mabel. Und der andere hat's auch gesagt.»

«Ach», rief sie, «das ist ja großartig! Ich soll mir keine Sorgen machen!»

«Bitte, Mabel...»

«Was soll ich denn sonst tun? Das Ganze als Spaß betrachten?»

«Das hat er nicht gesagt.»

«Ich hasse die Ärzte! Alle hasse ich sie!» Mrs. Taylor wandte sich ab und ging mit ihrem Kind im Arm schnell aus dem Zimmer.

Albert Taylor blieb, wo er war, und versuchte nicht, sie zurückzuhalten.

Gleich darauf hörte er im Schlafzimmer, gerade über ihm, das Tap-tap-tap rascher, nervöser Schritte auf dem Linoleum. Er wußte: Wenn diese Laute verstummten, mußte er zu ihr hinaufgehen, und dann würde sie wie üblich neben dem Kinderbettchen sitzen und still vor sich hinweinen, den Blick unverwandt auf das Baby gerichtet.

«Sie verhungert, Albert», würde sie sagen.

«Unsinn, sie denkt gar nicht daran.»

«Doch, sie verhungert, ich weiß es. Und –»

«Ja?»

«Ich glaube, du weißt es auch und willst es nur nicht zugeben. Habe ich recht?»

So ging es jetzt allnächtlich.

In der letzten Woche waren sie mit dem Baby im Krankenhaus gewesen. Der Arzt hatte die Kleine gründlich untersucht und dann erklärt, daß ihr nichts fehle.

«Wir haben neun Jahre gebraucht, dieses Kind zu bekommen, Herr Doktor», hatte Mabel gesagt. «Ich würde sterben, wenn ihm etwas passierte.»

Das war vor sechs Tagen gewesen, und inzwischen hatte das Kind wieder fünf Unzen abgenommen.

Aber es nützte ja nichts, sich Sorgen zu machen, stellte Albert Taylor nachdenklich fest. In solchen Fällen mußte man sich einfach auf den Arzt verlassen. Er griff nach der Zeitschrift, die auf seinen Knien lag, und überflog das Inhaltsverzeichnis, um zu sehen, was ihm in dieser Woche geboten wurde.

Unsere Bienen im Mai
Die Honigbereitung
Der Bienenzüchter und
der Bienenpharmazeut
Hinweise zur Bekämpfung der
Nosema

Das Neueste über Gelée Royale
Diese Woche im Bienenhaus
Die Heilkraft von Propolis
Das Ausschwärmen
Das Jahresessen der
britischen Bienenhalter
Vereinsnachrichten

Albert Taylor hatte sich von jeher für alles begeistert, was mit Bienen zusammenhing. Als kleiner Junge hatte er sie oft mit bloßen Händen gefangen und war dann ins Haus gelaufen, um sie der Mutter zu zeigen; manchmal setzte er sie sich ins Gesicht, ließ sie über Wangen und Hals kriechen, und das Erstaunliche war, daß er nie gestochen wurde. Im Gegenteil, die Bienen fühlten sich anscheinend sehr wohl bei ihm. Nie versuchten sie fortzufliegen, und wenn er sie loswerden wollte, mußte er sie behutsam mit den Fingern abstreifen. Selbst dann kehrten sie oft zurück und setzten sich wieder auf seine Hände, Arme oder Knie, überallhin, wo nackte Haut war.

Sein Vater, ein Maurer, behauptete, der Junge müsse einen Hexengestank haben, der aus seinen Poren dringe, und er fügte hinzu, bei solchem Insektenhypnotisieren komme bestimmt nichts Gutes heraus. Die Mutter dagegen meinte, so etwas sei eine Gabe Gottes, und sie ging so weit, Albert und die Bienen mit dem heiligen Franziskus und den Vögeln zu vergleichen.

Im Laufe der Zeit wurde aus Albert Taylors Vorliebe für Bienen eine Leidenschaft, und mit zwölf Jahren baute er seinen ersten Bienenstock. Dann fing er seinen ersten Schwarm. Mit vierzehn hatte er bereits fünf Bienenstöcke, die hübsch in einer Reihe am Zaun des väterlichen Hofes standen, und schon damals beschäftigte er sich nicht nur mit der normalen Honiggewinnung, sondern auch mit der schwierigen, äußerst komplizierten Aufgabe, Königinnen zu züchten, indem er Larven in künstliche Zellen setzte und sie genau nach Vorschrift versorgte.

Wenn er in einem Stock arbeitete, brauchte er weder Pfeife, Handschuhe noch Kopfschutz. Zwischen dem Jungen und den Bienen bestand offenbar eine seltsame Sympathie, und im Dorf, in den Läden und Kneipen sprach man mit einem gewissen Respekt von Albert Taylor. Immer öfter kamen Leute und kauften Honig bei ihm.

Mit achtzehn Jahren pachtete er einen Morgen Brachland, das neben einem Obstgarten mit Kirschbäumen lag und ungefähr eine Meile vom Dorf entfernt war. Dort hatte er sich darangemacht, ein eigenes Geschäft aufzubauen. Jetzt, elf Jahre später, saß er noch immer an derselben Stelle, hatte aber sechs Morgen Land statt des einen, zweihundertvierzig gut besetzte Bienenstöcke und ein selbstgebautes Häuschen. Er hatte schon als Zwanzigjähriger geheiratet, und abgesehen von den neun Jahren Wartezeit auf das Kind, war auch das ein Erfolg gewesen. Ja, Albert hatte stets Glück gehabt, bis dieses merkwürdige kleine Mädchen erschienen war, das die Eltern in tödliche Angst versetzte, weil es die Nahrungsaufnahme verweigerte und täglich an Gewicht verlor.

Er blickte von der Zeitschrift auf und dachte an sein Töchterchen.

Vorhin zum Beispiel hatte die Kleine zu Beginn der Mahlzeit die Augen aufgeschlagen, und da war ihm etwas aufgefallen, was ihn sehr beunruhigte – dieser leere, verschwommene Blick, als wären die Augen gar nicht mit dem Gehirn verbunden, sondern lägen wie kleine graue Murmeln in ihren Höhlen.

Ob die Ärzte eigentlich wußten, was sie sagten?

Er zog seinen Aschbecher heran und

kratzte langsam mit einem Streichholz die Asche aus dem Pfeifenkopf.

Man konnte ja das Kind zur Vorsicht in einem anderen Krankenhaus untersuchen lassen, vielleicht in Oxford. Wenn er nachher hinaufging, wollte er Mabel das vorschlagen.

Er hörte noch immer ihre Schritte im Schlafzimmer, aber sie hatte wohl die Schuhe mit Pantoffeln vertauscht, denn das Geräusch war sehr leise.

Wieder richtete er seine Aufmerksamkeit auf die Zeitschrift. Er las die «Hinweise zur Bekämpfung der Nosema», blätterte um und nahm den nächsten Artikel in Angriff: «Das Neueste über Gelée Royale.» Allerdings bezweifelte er, daß Dinge darinstehen würden, die er noch nicht wußte.

Was ist diese wundervolle, Gelée Royale genannte Substanz?

Er griff nach der Tabakdose, die neben ihm auf dem Tisch stand, und stopfte seine Pfeife, während er las.

Gelée Royale ist ein Drüsensekret der Ammenbienen, mit dem die Larven unmittelbar nach dem Ausschlüpfen aus dem Ei gefüttert werden. Die Speicheldrüsen der Bienen produzieren diese Substanz auf ähnliche Art, wie die Brustdrüsen der weiblichen Säugetiere

Milch produzieren. Diese Tatsache ist von großem biologischem Interesse, weil es in der Welt keine anderen Insekten gibt, die einen solchen Prozeß entwickelt haben.

Weiß ich ja alles, dachte er, las aber weiter, denn er hatte nichts Besseres zu tun.

In den ersten drei Tagen nach dem Ausschlüpfen werden alle Bienenlarven mit Gelée Royale in konzentrierter Form gefüttert; danach wird für jene, die zu Drohnen oder Arbeiterinnen bestimmt sind, diese wertvolle Nahrung stark mit Honig und Blütenstaub verdünnt. Die Larven jedoch, die dazu bestimmt sind, Königinnen zu werden, erhalten ihre ganze Larvenzeit hindurch den konzentrierten Futtersaft, also reines Gelée Royale. Daher der Name.

Über ihm im Schlafzimmer waren keine Schritte mehr zu hören. Das Haus war still. Er zündete ein Streichholz an und hielt es an die Pfeife.

Gelée Royale muß eine ungeheuer nahrhafte Substanz sein, denn die Bienenlarven, die mit nichts anderem gefüttert werden, haben nach fünf Tagen das Fünfzehnhundertfache ihres ursprünglichen Gewichts erreicht.

Wird so ungefähr stimmen, dachte er, obwohl ihm noch nie eingefallen war, das

Wachstum der Larven nach dem Gewicht zu bestimmen.

Das ist, als wäre ein Baby von siebeneinhalb Pfund im gleichen Zeitraum um fünf Tonnen schwerer geworden.

Albert Taylor stutzte und las den Satz noch einmal.

Er las ihn auch noch ein drittes Mal.

Das ist, als wäre ein Baby von siebeneinhalb Pfund...

«Mabel!» schrie er, von seinem Stuhl aufspringend. «Mabel! Komm her!»

Er ging hinaus, blieb an der Treppe stehen und rief von neuem nach seiner Frau.

Keine Antwort.

Er lief hinauf und knipste auf dem oberen Flur das Licht an. Die Schlafzimmertür war geschlossen. Er öffnete sie und blickte von der Schwelle in das dunkle Zimmer. «Mabel», sagte er, «sei so gut und komme einen Augenblick herunter. Ich habe eine großartige Idee. Es handelt sich um das Baby.»

Die Lampe hinter ihm warf einen schwachen Lichtschein über das Bett, und er konnte undeutlich sehen, daß Mabel auf dem Bauch lag, das Gesicht in die Kissen gepreßt, die Arme von sich gestreckt. Sie weinte.

Er trat zu ihr und berührte ihre Schulter.

«Mabel», bat er, «komm herunter. Vielleicht ist es wichtig.»

«Geh weg», sagte sie. «Laß mich in Ruhe.»

«Möchtest du denn nicht hören, was mir eben eingefallen ist?»

«Ach, Albert», schluchzte sie. «Ich bin *müde*. So müde, daß ich nicht mehr weiß, was ich tue. Ich kann das nicht länger aushalten. Ich kann nicht, ich kann nicht...»

Eine Pause entstand. Albert Taylor wandte sich ab, ging langsam zu dem Bettchen hinüber, in dem die Kleine lag, und schaute hinein. In der Dunkelheit war das Gesicht des Kindes nicht zu erkennen, doch als er sich vorbeugte, hörte er die schnellen, schwachen Atemzüge.

«Wann bekommt sie wieder die Flasche?» fragte er.

«Um zwei.»

«Und dann die nächste?»

«Morgen früh um sechs.»

«Die beiden Mahlzeiten gebe ich ihr», sagte er. «Schlaf du dich nur aus.»

Sie antwortete nicht.

«Leg dich gleich richtig hin, Mabel, und schlaf sofort ein, hörst du? Und mach dir keine Gedanken mehr. Für die nächsten zwölf Stunden übernehme ich alles. Du mußt dich ein wenig schonen, sonst brichst du völlig zusammen.»

«Ja, ich weiß», flüsterte sie.

«Das Würmchen und ich gehen jetzt mit dem Wecker ins Fremdenzimmer, und du legst dich schön bequem hin und denkst gar nicht an uns. Ja?» Er war schon dabei, das Bettchen aus der Tür zu schieben.

«Ach, Albert», schluchzte sie.

«Nicht aufregen, Mabel. Wird schon nichts passieren.»

«Albert...»

«Ja?»

«Ich liebe dich, Albert.»

«Ich dich auch, Mabel. Und nun schlaf.»

Bis zum nächsten Vormittag sah Albert Taylor seine Frau nicht wieder. Erst kurz vor elf Uhr kam sie in Morgenrock und Pantoffeln die Treppe heruntergeeilt.

«Du lieber Himmel!» rief sie. «Albert, sieh doch bloß auf die Uhr! Ich habe ja mindestens zwölf Stunden geschlafen! Ist alles in Ordnung? Wie war es?»

Er saß ruhig im Lehnstuhl, rauchte eine Pfeife und las die Morgenzeitung. Zu seinen Füßen schlief das Baby in einem Tragkörbchen. «Hallo, Liebste», sagte er lächelnd.

Sie lief zu dem Körbchen und schaute hinein. «Hat sie etwas getrunken, Albert? Wie oft hast du ihr die Flasche gegeben? Um zehn hätte sie wieder trinken müssen.»

Albert Taylor faltete die Zeitung zusammen und legte sie auf den Tisch. «Das erste Mal habe ich sie um zwei Uhr morgens gefüttert, und sie hat ungefähr eine halbe Unze getrunken, nicht mehr. Dann habe ich sie um sechs Uhr aufgenommen, und da war es schon etwas besser, zwei Unzen...»

«*Zwei Unzen?* Albert, das ist ja wunderbar!»

«Und vor zehn Minuten haben wir die letzte Mahlzeit beendet. Dort auf dem Kamin steht die Flasche. Eine Unze ist noch drin, und drei hat sie getrunken. Was sagst du dazu?» Sein breites Lächeln verriet, wie beglückt er über diesen Erfolg war.

Mrs. Taylor kniete sich rasch hin und betrachtete das Kind.

«Sieht sie nicht besser aus?» fragte ihr Mann eifrig. «Ich finde, das Gesicht ist runder geworden.»

«Vielleicht klingt es albern», antwortete sie, «aber ich glaube wirklich, sie hat sich erholt. Ach, Albert, du bist ein Wunder! Wie hast du das nur geschafft?»

«Sie ist über den Berg, das ist alles. Genau wie es der Doktor vorausgesagt hat.»

«Ich hoffe zu Gott, daß du recht hast, Albert.»

«Natürlich habe ich recht. Paß auf, von jetzt an gedeiht sie.»

Seine Frau blickte das Baby liebevoll an.

«Du siehst auch besser aus, Mabel.»

«Ich fühle mich ausgezeichnet. Es tut mir leid wegen gestern.»

«Ich mach dir einen Vorschlag», sagte er. «In Zukunft werde ich ihr abends und nachts die Flasche geben, und du versorgst sie tagsüber.»

Sie hob den Kopf und sah mit gerunzelter Stirn zu ihm auf. «Nein, das kommt überhaupt nicht in Frage.»

«Ich möchte nicht, daß du zusammenklappst, Mabel.»

«Tue ich auch nicht. Ich bin jetzt wieder ganz frisch.»

«Warum wollen wir uns die Arbeit nicht teilen?»

«Nein, Albert. Um das Kind kümmere ich mich, ich ganz allein. So etwas wie gestern passiert nicht noch mal.»

Eine Weile blieb es still. Albert Taylor untersuchte den Tabak im Kopf seiner Pfeife.

«Schön», sagte er schließlich, «dann werde ich dir wenigstens den Kleinkram abnehmen, das Sterilisieren, das Mischen und die übrigen Vorbereitungen. Ein bißchen hilft dir das auch.»

Sie schaute ihn verwundert an und fragte sich, was plötzlich über ihn gekommen sei.

«Sieh mal, Mabel...»

«Ja, Liebster?»

«Mir ist klargeworden, daß ich bis zur vergangenen Nacht keinen Finger gerührt habe, um dir zu helfen.»

«Das ist nicht wahr.»

«Doch, doch. Und deshalb habe ich beschlossen, dich von nun an nach Möglichkeit zu entlasten. Ich werde die Milch mit Haferschleim mischen und die Flaschen sterilisieren. Einverstanden?»

«Das ist süß von dir, Liebster, aber ich glaube wirklich, es ist nicht nötig...»

«Sei vernünftig!» rief er. «Laß es dabei! Die letzten drei Male habe ich die Milch zurechtgemacht, und du siehst ja, was dabei herausgekommen ist. Wann gibst du ihr die nächste Mahlzeit? Um zwei, nicht wahr?»

«Ja.»

«Dafür steht schon alles bereit», verkündete er. «Fix und fertig zum Gebrauch. Wenn es soweit ist, gehst du einfach in die Speisekammer, nimmst das Fläschchen vom Gestell und wärmst es. Eine kleine Hilfe ist das doch, nicht wahr?»

Sie erhob sich von den Knien, trat zu ihm und küßte ihn auf die Wange. «Du bist so gut», sagte sie. «Mit jedem Tag, den ich dich kenne, liebe ich dich mehr.»

Als Albert nachmittags draußen im Sonnenschein an seinen Bienenkörben arbeitete, hörte er Mabel nach ihm rufen.

«Albert!» schrie sie. «Albert, wo bist du?» Sie kam durch die Butterblumen auf ihn zugerannt.

Er lief ihr entgegen und dachte, es sei ein Unglück geschehen.

«Oh, Albert! Rate mal!»

«Was ist denn los?»

«Eben habe ich ihr die Zweiuhrflasche gegeben, und sie hat alles ausgetrunken.»

«Nein!»

«Jeden Tropfen! Ach, ich bin so glücklich, Albert! Jetzt hat sie's überstanden. Wie du gesagt hast, sie ist über den Berg.» Sie fiel ihm um den Hals und drückte ihn an sich, während er ihr auf den Rücken klopfte und lachend sagte, was für eine wundervolle kleine Mutter sie sei.

«Willst du beim nächsten Mal hereinkommen und aufpassen, ob sie wieder soviel trinkt, Albert?»

Er versicherte, das werde er sich um keinen Preis entgehen lassen, und sie umarmte ihn noch einmal, drehte sich um und lief zurück zum Haus. Unterwegs hüpfte und sang sie in einem fort.

Natürlich lag eine gewisse Spannung in der Luft, als die Zeit der Sechsuhrflasche herankam. Schon um halb sechs saßen beide Eltern im Wohnzimmer und warteten auf den großen Augenblick. Das fertige Fläschchen stand in einem Topf mit warmem Wasser auf dem Kamin. Das Baby schlief in seinem Körbchen auf dem Sofa.

Zwanzig Minuten vor sechs erwachte es und begann aus Leibeskräften zu schreien.

«Siehst du wohl!» rief Mrs. Taylor. «Sie will ihr Fläschchen. Nimm sie rasch auf, Albert, und bring sie mir her. Aber erst gib mir die Flasche.» Er holte die Flasche und legte dann seiner Frau das Kind in den Schoß. Vorsichtig berührte sie die Lippen des Babys mit dem Sauger. Die Kleine schnappte sofort danach und fing an, gierig zu trinken.

«Oh, Albert, ist das nicht herrlich?»

«Großartig ist es, Mabel.»

Nach sieben oder acht Minuten war der Inhalt der Flasche restlos in der Kehle des Kindes verschwunden.

«Ei, du tüchtiges Mädchen», lobte Mrs. Taylor. «Wieder vier Unzen.»

Albert Taylor beugte sich in seinem Stuhl vor und betrachtete prüfend das kleine Gesicht. «Weißt du was», sagte er, «mir scheint, sie hat schon ein bißchen zugenommen. Was meinst du?»

Die Mutter schaute auf das Kind hinab.

«Kommt sie dir nicht größer und dicker als gestern vor, Mabel?»

«Ich bin nicht sicher, Albert. Vielleicht hast du recht – obgleich in so kurzer Zeit von *wirklichem* Zunehmen nicht die Rede sein kann. Nun, das wichtigste ist, daß sie jetzt richtig trinkt.»

«Sie ist über den Berg», wiederholte Albert. «Ich glaube, du brauchst dir keine Sorgen mehr um sie zu machen.»

«Gewiß nicht.»

«Möchtest du, daß ich das Bettchen wieder in unser Schlafzimmer schaffe, Mabel?»

«Ja, bitte», erwiderte sie.

Albert ging hinauf und stellte das Bettchen an seinen alten Platz. Mrs. Taylor folgte ihm mit dem Kind, legte es, nachdem sie die Windeln gewechselt hatte, zum Schlafen nieder und deckte es sorgsam zu.

«Sieht sie nicht reizend aus, Albert?» flüsterte sie. «Ist unser Kind nicht das schönste Baby, das du in deinem ganzen Leben gesehen hast?»

«Komm jetzt, Mabel», sagte er. «Komm und koche uns etwas zu essen. Wir haben's beide nötig.»

Nach Tisch setzten sich die Eltern im Wohnzimmer in ihre Sessel, Albert mit seiner Zeitschrift und seiner Pfeife, Mrs. Taylor mit ihrem Strickzeug. Diesmal aber war die Atmosphäre ganz anders als am Abend zuvor. Alle Spannungen hatten sich plötzlich in nichts aufgelöst. Mrs. Taylors hübsches ovales Gesicht strahlte vor Freude, ihre Wangen waren rosig, ihre Augen glänzten, und um den Mund lag ein kleines träumerisches Lächeln. Ab und zu sah sie von ihrer Handarbeit auf, um Albert einen liebevollen Blick zuzuwerfen. Gelegentlich verstummte das Klappern der Nadeln für einige Sekunden, und dann saß sie mäuschenstill, schaute zur Decke hinauf, lauschte, ob oben ein Schrei oder ein Wimmern ertönte. Doch nichts rührte sich im Schlafzimmer.

«Albert», begann sie nach einer Weile.

«Ja, Liebste?»

«Was wolltest du mir gestern abend erzählen, als du ins Schlafzimmer gestürzt kamst? Du sagtest, du hättest eine Idee wegen des Babys.»

Albert Taylor ließ die Zeitschrift sinken und sah seine Frau verschmitzt an. «Habe ich das gesagt?»

«Ja.» Sie wartete, daß er weiterspräche, aber er schwieg. «Warum grinst du so?» erkundigte sie sich dann. «Denkst du an etwas Komisches?»

«Komisch ist es, das stimmt», gab er zu.

«Sag's mir doch, Liebster.»

«Ich weiß nicht recht, ob ich's tun soll», antwortete er. «Vielleicht hältst du mich für einen Schwindler.»

Selten hatte sie ihn so selbstzufrieden gesehen. Sie lächelte ihm aufmunternd zu.

«Ich bin bloß auf dein Gesicht gespannt, wenn du *das* hörst, Mabel.»

«Aber Albert, was ist denn los?»

Er war nicht gesonnen, sich hetzen zu lassen.

«Du findest doch, daß es der Kleinen besser geht, nicht wahr?» fragte er.

«Natürlich finde ich das.»

«Du stimmst mit mir überein, daß sie auf

einmal ausgezeichnet trinkt und kaum wiederzuerkennen ist?»

«Ja, Albert, gewiß.»

«Gut», sagte er, und sein Lächeln wurde noch breiter. «Und siehst du, das habe ich fertiggebracht.»

«Was hast du fertiggebracht?»

«Das Kind gesund zu machen.»

«Ja, Liebster, davon bin ich fest überzeugt.» Mrs. Taylor strickte emsig.

«Du glaubst mir nicht, wie?»

«Natürlich glaube ich dir, Albert. Du hast es geschafft, du ganz allein.»

«Und wie habe ich das angefangen?»

«Nun...» Sie überlegte einen Augenblick. «Wahrscheinlich hast du ein besonderes Geschick, die richtige Mischung von Milch und Haferflocken zu treffen. Denn seitdem du das Fläschchen zurechtmachst, ist sie wohler und wohler geworden.»

«Du meinst also, das Mischen sei eine Art Kunst?»

«Sieht jedenfalls so aus.» Still in sich hineinlächelnd strickte sie weiter. Männer sind doch große Kinder, dachte sie.

«Ich will dir ein Geheimnis verraten», sagte er. «Du hast völlig recht mit deiner Vermutung. Allerdings kommt es beim Mischen gar nicht so sehr auf das Wie an. Das wichtigste sind die Zutaten, Mabel, verstehst du?»

Mrs. Taylor sah ihren Mann scharf an. «Albert», sagte sie, «du willst doch nicht etwa behaupten, du hättest dem Kind irgendwas in die Milch gemischt?»

Er grinste.

«Hast du's getan oder nicht?»

«Kann schon sein», antwortete er.

«Was soll das heißen?»

Das Lächeln, das seine Zähne entblößte, gab ihm ein merkwürdig grimmiges Aussehen.

«Albert», rief sie, «hör auf, dich über mich lustig zu machen.»

«Ja, mein Herz.»

«In *Wirklichkeit* hast du ihr nichts in die Milch gemischt, nicht wahr? Sag mir die Wahrheit, Albert. Bei einem so kleinen Kind könnte das schlimme Folgen haben.»

«Doch, Mabel, ich hab's getan.»

«Albert Taylor! Wie konntest du?»

«Reg dich nicht auf», erwiderte er. «Wenn du willst, sollst du alles genau hören, aber um Himmels willen ruhig.»

«Bier war es! Ich weiß genau, es war Bier!»

«Bitte, Mabel, rede keinen Unsinn.»

«Was war es denn sonst?»

Vorsichtig legte Albert seine Pfeife auf den Tisch und lehnte sich im Sessel zurück. «Sag mal», begann er, «hast du schon mal was von Gelée Royale gehört?»

«Nein, nie.»

«Das ist eine großartige Sache», erklärte er. «Wirkt geradezu Wunder. Und gestern abend fiel mir plötzlich ein, daß ich etwas davon in die Milch tun könnte...»

«Um Gottes willen!»

«Mabel, du weißt ja noch gar nicht, was es ist.»

«Das interessiert mich auch nicht», versetzte sie. «Man darf doch einem so zarten Kind nicht irgendwas in die Milch tun. Bist du denn verrückt geworden?»

«Gelée Royale ist absolut unschädlich, Mabel, sonst hätte ich's der Kleinen nie gegeben. Es kommt von Bienen.»

«Das hätte ich mir denken können.»

«Und es ist so kostbar, daß es praktisch unerschwinglich ist. Wer es als Medizin nehmen will, muß sich jedesmal mit einem winzigen Tropfen begnügen.»

«Und darf ich fragen, wieviel du unserem Kind gegeben hast?»

«Ah», sagte er, «das ist der springende

Punkt. Jetzt kommen wir zur Sache. Ich schätze, daß unser Baby allein bei den letzten vier Mahlzeiten ungefähr fünfzigmal soviel Gelée Royale geschluckt hat wie sonst jemand auf der Welt. Was sagst du nun?»

«Bitte, Albert, mach keine Witze.»

«Ich kann's beschwören», sagte er stolz.

Sie saß mit halboffenem Mund und gerunzelter Stirn im Sessel und starrte ihn an.

«Weißt du, was dieses Gelée Royale kostet, wenn du's kaufen willst, Mabel? Neulich habe ich die Annonce einer amerikanischen Firma gelesen, und da wurde die Pfunddose zu einem Preis von rund fünfhundert Dollar angeboten. *Fünfhundert Dollar!* Das ist teurer als Gold, verstehst du!»

Sie hatte nicht die leiseste Ahnung, wovon er sprach.

«Ich kann's dir beweisen!» Er sprang auf und ging zu dem großen Bücherschrank, in dem er seine Bienenliteratur verwahrte. Im obersten Fach waren sämtliche Nummern der *Amerikanischen Bienenzeitschrift* sauber neben denen der *Britischen Bienenzeitschrift* und anderen Fachblättern aufgeschichtet. Albert nahm das neueste Heft der *Amerikanischen Bienenzeitschrift* heraus und schlug eine Seite mit kleinen Anzeigen auf.

«Bitte sehr», rief er. «Genau, wie ich gesagt habe. ‹Wir verkaufen Gelée Royale zum Großhandelspreis von vierhundertachtzig Dollar je Pfunddose.›»

Er reichte ihr das Heft, damit sie sich selbst überzeugen konnte. «Glaubst du mir nun? Das ist eine Firma in New York, Mabel. Steht alles wörtlich da.»

«Es steht aber nicht da, daß man es einem Baby in die Milch rühren darf», antwortete sie. «Ich weiß wirklich nicht, Albert, was du dir dabei gedacht hast.»

«Das Zeug hilft ihr doch, oder nicht?»

«So sicher bin ich da gar nicht mehr.»

«Sei nicht albern, Mabel. Du weißt, daß es hilft.»

«Dann müßten es andere Leute ihren Kindern ja auch geben.»

«Ich sage dir doch, daß es zu teuer ist», antwortete er. «Nur so zum Einnehmen kann sich kein Mensch in der Welt reines Gelée Royale leisten – höchstens vielleicht ein oder zwei Multimillionäre. Die einzigen, die es kaufen, sind große Handelsgesellschaften, die Hautcreme und andere Schönheitsmittel für Frauen herstellen. Sie mischen ganz wenig davon in eine große Dose Creme, und das geht dann zu enormen Preisen ab wie warme Semmeln. Es soll die Runzeln glätten.»

«Und stimmt das?»

«Du lieber Himmel, wie soll ich das wissen, Mabel? Aber darauf» – er kehrte zu seinem Sessel zurück – «darauf kommt es nicht an. Wichtig ist nur, daß dieses Gelée Royale unserer Kleinen in kürzester Zeit geholfen hat, und deshalb finde ich, wir sollten es ihr auch weiterhin geben. Nein, unterbrich mich nicht, Mabel. Laß mich ausreden. Ich habe draußen zweihundertvierzig Bienenkörbe, und wenn ich hundert davon auf die Produktion von Gelée Royale umstelle, dann können wir ihr so viel geben, wie sie braucht.»

«Albert Taylor», rief seine Frau und starrte ihn mit weit aufgerissenen Augen an, «hast du denn den Verstand verloren?»

«Hör mich doch erst einmal an.»

«Ich verbiete dir das», sagte sie energisch. «Von diesem schrecklichen Gelée bekommt mein Kind keinen Tropfen mehr, verstanden?»

«Aber Mabel...»

«Außerdem hatten wir letztes Jahr eine erbärmliche Honigernte, und wenn du jetzt mit deinen Bienenkörben Unsinn machst, ist gar nicht abzusehen, wohin das führt.»

«Meine Bienenkörbe sind in Ordnung, Mabel.»

«Du weißt genau, daß wir letztes Jahr nur die Hälfte einer normalen Ernte hatten.»

«Tu mir einen Gefallen», bat er. «Laß mich etwas von der wunderbaren Wirkung dieser Substanz erzählen.»

«Du hast überhaupt noch nicht gesagt, was für ein Zeug das ist.»

«Schön, Mabel, auch das sollst du erfahren. Willst du zuhören? Willst du mir erlauben, darüber zu sprechen?»

Seufzend griff sie nach ihrem Strickzeug. «Also rede dir's von der Seele, Albert. Fang an.»

Er zögerte, denn er wußte nicht recht, wie er beginnen sollte. Es war nicht leicht, so etwas zu erklären, wenn der andere keine Ahnung von Bienenzucht hatte.

«Du weißt wohl», sagte er, «daß jeder Schwarm nur eine Königin hat?»

«Ja.»

«Und daß diese Königin alle Eier legt?»

«Ja, Lieber, soviel weiß ich.»

«Schön. Die Königin kann zwei Arten von Eiern legen. Das wird dir neu sein, aber sie kann es. Wir nennen das eines der Wunder des Bienenstocks. Sie legt Eier, aus denen

Drohnen hervorgehen, und sie legt Eier, aus denen Arbeitsbienen schlüpfen. Wenn das kein Wunder ist, Mabel...»

«Ja, Albert, wird schon so sein.»

«Die Drohnen sind die Männchen. Um die brauchen wir uns nicht zu kümmern. Die Arbeitsbienen sind alle weiblich. Und auch die Königin ist natürlich ein Weibchen. Aber es gibt da einen wichtigen Unterschied. Die Arbeiterinnen sind verkümmerte Weibchen, wenn du verstehst, was ich meine. Ihre Geschlechtsorgane sind ganz unentwickelt, während die Königin erstaunlich fruchtbar ist. Sie kann an einem einzigen Tag ihr eigenes Gewicht in Eiern legen.»

Er hielt inne, um seine Gedanken zu ordnen.

«Nun ist es so. Die Königin kriecht auf der Wabe umher und legt ihre Eier in das, was wir Zellen nennen. Du kennst doch die Honigwaben mit den vielen kleinen Löchern, nicht wahr? Nun, eine Brutwabe sieht ebenso aus, nur enthalten die Zellen keinen Honig, sondern Eier. Die Königin legt in jede Zelle ein Ei, und nach drei Tagen schlüpft aus jedem dieser Eier eine kleine Larve. Sobald das geschehen ist, wimmeln die Ammenbienen – das sind junge Arbeiterinnen – um die

Larven herum und fangen wie wild an, sie zu füttern. Und weißt du, womit?»

«Mit Gelée Royale», antwortete Mabel geduldig.

«Richtig!» rief er. «Sie produzieren diesen sogenannten Futtersaft in einer Speicheldrüse und pumpen ihn in die Zelle, um die Larve damit zu ernähren. Und was geschieht dann?»

Er machte eine dramatische Pause, und seine kleinen hellgrauen Augen blinzelten vielsagend. Dann drehte er sich langsam um und griff nach der Zeitschrift, die er am Abend zuvor gelesen hatte.

«Möchtest du wissen, was dann geschieht?» Er feuchtete sich die Lippen an.

«Ich kann's kaum erwarten.»

«‹Gelée Royale›», las er vor, «‹muß eine ungeheuer nahrhafte Substanz sein, denn die Bienenlarven, die mit nichts anderem gefüttert werden, haben nach fünf Tagen das *Fünfzehnhundertfache* ihres ursprünglichen Gewichtes erreicht.›»

«Wieviel?»

«Das Fünfzehnhundertfache, Mabel. Und weißt du, was das bedeutet, wenn man das Gewicht eines Menschen zugrunde legt? Es bedeutet» – er senkte die Stimme, beugte sich vor und blickte sie mit seinen kleinen hellen Augen an –, «es bedeutet, daß ein Baby von siebeneinhalb Pfund nach fünf Tagen *fünf Tonnen* wiegt!»

Zum zweitenmal hörte Mrs. Taylor auf zu stricken.

«Du darfst das natürlich nicht wörtlich nehmen, Mabel.»

«Warum nicht?»

«Weil es bloß eine wissenschaftliche Ausdrucksweise ist.»

«Gut, Albert. Weiter.»

«Aber das ist nur die halbe Geschichte», fuhr er fort. «Die Hauptsache kommt erst. Das Erstaunlichste über Gelée Royale habe ich dir noch gar nicht erzählt. Ich werde dir jetzt erklären, wie diese Substanz eine gewöhnliche, unscheinbare kleine Arbeitsbiene, die praktisch keine Geschlechtsorgane hat, in eine schöne, starke, fruchtbare Königin verwandeln kann.»

«Willst du damit sagen, daß unser Baby unscheinbar und gewöhnlich ist?» fragte sie scharf.

«Dreh mir bitte nicht die Worte im Mund um, Mabel. Hör lieber zu. Weißt du, daß die Bienenkönigin und die Arbeiterinnen, obwohl sie in ausgewachsenem Zustand völlig verschieden voneinander sind, aus genau der gleichen Art von Ei schlüpfen?»

«Das glaube ich nicht», antwortete sie.

«Es ist so wahr, wie ich hier sitze, Mabel. Die Bienen können es jederzeit so einrichten, daß sich statt einer Arbeiterin eine Königin aus der Larve entwickelt.»

«Wie denn?»

«Ah», sagte er und hob seinen dicken Zeigefinger, «darauf wollte ich gerade kommen. Das ist das Geheimnis. Nun, Mabel, rate mal, was dieses Wunder bewirkt.»

«Gelée Royale», erwiderte sie. «Davon redest du ja schon die ganze Zeit.»

«Jawohl, Gelée Royale!» Er klatschte in die Hände und rutschte aufgeregt im Sessel hin und her. Sein dickes, rundes Gesicht glühte, und auf den Backenknochen brannten zwei dunkelrote Flecke. «Die Sache ist folgendermaßen. Ich will's dir so einfach wie möglich erklären. Die Bienen wollen eine neue Königin. Also bauen sie eine besonders große Zelle, Königinnenzelle nennen wir sie, und bringen die alte Königin dazu, eines ihrer Eier hineinzulegen. Die anderen eintausendneunhundertneunundneunzig Eier legt sie in gewöhnliche Zellen. Sobald die Larven ausgeschlüpft sind, fangen die Ammenbienen an, Gelée Royale in sie hineinzupumpen. Damit werden alle gefüttert, die Arbeiterinnenlarven ebenso wie die künftige Königin. Aber nun hör gut zu, Mabel, denn jetzt kommt der Unterschied. Die Arbeiterinnenlarven erhalten diese wunderbare Nahrung nur an den *ersten drei Tagen* ihres Larvenlebens. Dann folgt eine ganz andere Ernährung. Man könnte sagen, daß sie entwöhnt werden, obwohl dieser plötzliche Wechsel natürlich keine richtige Entwöhnung ist. Nach drei Tagen werden sie ganz einfach auf die übliche Bienennahrung gesetzt, also auf eine Mischung von Honig und Blütenstaub, und etwa zwei Wochen später kriechen sie als Arbeiterinnen aus den Zellen. Die Larve in der Königinnenzelle dagegen bekommt *ihr ganzes Larvenleben hindurch* Gelée Royale. Die Ammenbienen füllen so viel davon in die Zelle, daß die kleine Larve buchstäblich in dem Saft schwimmt. Und dadurch wird eine Königin aus ihr.»

«Beweisen kannst du das aber nicht», warf Mrs. Taylor ein.

«Bitte, Mabel, rede nicht so dumm daher. Tausende haben es wieder und wieder bewiesen, berühmte Gelehrte in allen Ländern der Erde. Man braucht nur eine Larve aus einer gewöhnlichen Zelle in eine Königinnenzelle zu tun, und schon wächst sie sich im Eiltempo zu einer Königin aus, vorausgesetzt, daß die Ammenbienen sie gut mit Gelée Royale versorgen. Was die Sache noch wunderbarer macht, ist der enorme Unterschied zwischen der Königin und der Arbeitsbiene, wenn sie ausgewachsen sind. Der Hinterleib ist anders gestaltet. Der Stachel ist anders. Die Beine sind anders. Der...»

«Worin unterscheiden sich denn die Beine?» fragte sie, um ihn auf die Probe zu stellen.

«Die Beine? Nun, die Arbeiterinnen haben sogenannte Körbchen an den Beinen, in denen sie den Blütenstaub transportieren. Die Königin hat keine. Und noch etwas. Die Königin hat vollständig entwickelte Geschlechtsorgane. Bei den Arbeiterinnen sind sie verkümmert. Das verblüffendste aber ist, daß die Königin durchschnittlich vier bis sechs Jahre lebt, während es eine Arbeitsbiene kaum auf ebenso viele Monate bringt. Und das alles nur, weil die eine Gelée Royale bekommen hat und die andere nicht.»

«Schwer zu glauben, daß allein die Ernährung so etwas bewirken kann», sagte sie.

«Natürlich ist es schwer zu glauben. Auch

das ist eines der Wunder des Bienenstocks. Sogar das größte von allen. Ein so großes Wunder ist es, daß die Gelehrten jahrhundertelang daran herumgerätselt haben. Warte einen Augenblick. Bleib sitzen. Rühre dich nicht vom Fleck.»

Wieder sprang er auf, ging zum Bücherschrank und wühlte in den aufgeschichteten Heften.

«Ich will dir ein paar Berichte heraussuchen. Hier ist schon einer. Hör mal zu.» Er fing an, aus einer Nummer der *Amerikanischen Bienenzeitschrift* vorzulesen: «Als Leiter eines ausgezeichneten Forschungslaboratoriums in Toronto, das die Bevölkerung von Kanada ihm, dem Entdecker des Insulins, in Anerkennung seiner großen Verdienste um die Menschheit geschenkt hat, wollte Dr. Frederick A. Banting Näheres über Gelée Royale erfahren und beauftragte seinen Mitarbeiterstab, eine grundlegende Analyse vorzunehmen...»

Albert hielt inne.

«Nun, ich brauche dir nicht alles vorzulesen, aber hier steht jedenfalls, daß Dr. Banting und seine Mitarbeiter Gelée Royale aus Königinnenzellen nahmen, in denen sich zwei Tage alte Larven befanden. Und die

Analyse ergab – na, was glaubst du wohl? Sie ergab», fuhr er fort, «daß Gelée Royale Karbolsäuren enthält, Glyzeride, Dextrose *und* – jetzt paß auf – und achtzig bis fünfundachtzig Prozent *unidentifizierte* Säuren!»

Mit der Zeitschrift in der Hand stand er neben dem Bücherschrank. Um seine Lippen spielte ein verstohlenes Triumphlächeln, und Mrs. Taylor beobachtete ihn verwirrt.

Er war nicht groß. Sein derber, breiter, fleischiger Körper ruhte auf zu kurz geratenen Beinen, die leicht gebogen waren. Der runde, massige Schädel war mit kurzgeschnittenem borstigem Haar bedeckt. Auf Kinn und Wangen wucherte gelblichbrauner Flaum, der etwa einen Zoll lang war, da Albert neuerdings auf das Rasieren verzichtete. Er sah ziemlich grotesk aus, das ließ sich nicht leugnen.

«Achtzig bis fünfundachtzig Prozent unidentifizierte Säuren», wiederholte er. «Ist das nicht phantastisch?» Er wandte sich von neuem dem Schrank zu und suchte andere Zeitschriften durch.

«Was sind denn unidentifizierte Säuren?»

«Das ist es ja gerade! Niemand weiß es. Nicht einmal Banting hat sie bestimmen können. Hast du mal was von Banting gehört?»

«Nein.»

«Er ist so ungefähr der berühmteste lebende Arzt der Welt, weiter nichts.»

Mrs. Taylor sah ihn mit seinem borstigen Kopf, dem haarigen Gesicht und dem plumpen gedrungenen Körper vor dem Bücherschrank hocken, sie hörte seine summende Stimme, und plötzlich fiel ihr auf, daß er irgendwie an eine Biene erinnerte. Sie hatte schon oft festgestellt, daß Frauen mit der Zeit anfingen, ihren Reitpferden zu gleichen, und daß Leute, die Vögel, Bullterrier oder Spitze züchteten, eine gewisse Ähnlichkeit mit den Tieren ihrer Wahl hatten. Nie zuvor aber hatte sie bemerkt, daß ihr Mann wie eine Biene aussah, und so war diese Entdeckung ein gelinder Schock für sie.

«Hat dieser Banting jemals versucht, Gelée Royale zu essen?» erkundigte sie sich.

«Gegessen hat er's natürlich nicht, Mabel. Er hatte ja nur ganz wenig davon. Es ist zu kostbar.»

«Weißt du was?» Sie betrachtete ihn mit einem leichten Lächeln. «Du siehst neuerdings ein bißchen wie eine Biene aus. Ist dir das schon mal aufgefallen?»

Er drehte sich um und blickte sie erstaunt an.

«Es wird wohl hauptsächlich am Bart liegen», fügte sie hinzu. «Ich wollte, du nähmst ihn dir ab. Sogar die Farbe ist bienenähnlich, findest du nicht?»

«Zum Teufel, was redest du da, Mabel?»

«Aber Albert, sei doch nicht so unbeherrscht.»

«Möchtest du noch mehr hören oder nicht?»

«Ja, Liebster. Entschuldige bitte. War nur ein Scherz. Sprich weiter.»

Er zog eine Zeitschrift heraus und blätterte eine Weile darin. «Hier, Mabel, dies zum Beispiel. ‹Im Jahre neunzehnhundertneununddreißig experimentierte Heyl mit einundzwanzig Tage alten Ratten, denen er Gelée Royale in verschiedenen Mengen injizierte. Als Ergebnis fand er eine vorzeitig follikulare Entwicklung der Ovarien, die in direktem Verhältnis zu der injizierten Dosis Gelée Royale stand.›»

«Siehst du!» rief sie. «Das wußte ich!»

«Was?»

«Ich wußte, daß etwas Schreckliches dabei herauskommen würde.»

«Unsinn. Was ist denn daran so schrecklich? Jetzt hör dir mal das an, Mabel. ‹Still und Burdett stellten fest, daß eine bisher nicht fortpflanzungsfähige männliche Ratte zahlreiche Junge zeugte, nachdem sie täglich eine geringe Dosis Gelée Royale bekommen hatte.»

«Albert», unterbrach sie ihn, «das Zeug ist *viel* zu stark für ein Baby. Mir gefällt das ganz und gar nicht.»

«Unsinn, Mabel.»

«Dann sag mir, warum sie es nur an Ratten ausprobieren. Warum haben diese berühmten Gelehrten das Zeug nicht selbst eingenommen? Weil sie zu schlau sind. Glaubst du, Dr. Banting will riskieren, daß er – na, wie war's doch? – daß er vorzeitige Ovarien bekommt? Der nicht.»

«Aber sie haben es ja Menschen gegeben, Mabel. Hier ist ein langer Artikel darüber.» Er schlug die Seite um und begann von neuem aus der Zeitschrift vorzulesen. «‹Im Jahre neunzehnhundertdreiundfünfzig ging eine Gruppe mexikanischer Ärzte dazu über, gegen Leiden wie zerebrale Neuritis, Arthritis, Diabetes, Nikotinvergiftung, männliche Impotenz, Asthma, Krupp und Gicht kleinste Mengen von Gelée Royale zu verordnen... Zahlreiche beglaubigte Zuschriften über Heilerfolge liegen vor... Ein bekannter Effektenmakler in Mexico City litt an einer besonders hartnäckigen Hautflechte. Er wurde physisch abstoßend, verlor viele Kunden, und sein Geschäft ging dem Ruin entgegen. In seiner Verzweiflung griff er zu Gelée Royale – ein Tropfen zu jeder Mahlzeit –, und siehe da, in vierzehn Tagen war er geheilt. Ein Kellner im Café Jena, ebenfalls in Mexico City, berichtete, daß sein Vater, nachdem er von dieser Wundersubstanz geringe Quantitäten in Kapseln genommen hatte, mit neunzig Jahren Vater eines gesunden Knaben wurde. Ein Stierkampfunternehmer in Acapulco, dem ein Stier zu träge erschien, injizierte dem Tier, bevor man es in die Arena ließ, ein Gramm Gelée Royale (eine ungewöhnlich große Dosis). Daraufhin wurde der Stier so feurig und wild, daß er sofort zwei Picaderos, drei Pferde sowie einen Matador tötete und schließlich ...»

«Horch!» rief Mrs. Taylor. «Ich glaube, das Kind weint.»

Albert blickte von der Zeitschrift auf. Tatsächlich, aus dem Schlafzimmer drang lautes, kräftiges Geschrei.

«Sie wird Hunger haben», meinte er.

Seine Frau sah auf die Uhr und sprang erschrocken auf. «Du lieber Himmel, es ist ja schon über ihre Zeit. Mach rasch die Milch fertig, Albert, ich hole sie inzwischen herunter. Beeil dich, wir dürfen sie nicht warten lassen...» Eine halbe Minute später kam Mrs. Taylor mit dem brüllenden Kind zurück. Sie zitterte vor Aufregung, denn sie war noch nicht an den schrecklichen ununterbrochenen Lärm gewöhnt, den ein gesunder Säugling macht, wenn er nach seiner Nahrung verlangt. «Schnell, Albert!» rief sie, setzte sich in den Sessel und legte das Kind auf ihrem Schoß zurecht. «Bitte, beeil dich!»

Albert brachte ihr aus der Küche die Flasche mit warmer Milch. «Die Temperatur ist gerade richtig», sagte er. «Du brauchst nicht zu probieren.»

Sie rückte das Kinderköpfchen in ihrem Arm etwas höher und schob den Gummipfropfen in den weit offenen schreienden Mund. Sofort verstummte das Gebrüll, und das Baby begann gierig zu saugen. Mrs. Taylor atmete auf.

«Ach, Albert, ist sie nicht süß?»

«Unbeschreiblich süß, Mabel – dank Gelée Royale.»

«Nein, Liebster, ich will nichts mehr von dem gräßlichen Zeug hören. Ich ängstige mich zu Tode, wenn ich nur daran denke.»

«Du machst da einen großen Fehler», sagte er.

«Das wird sich ja zeigen.»

Die Kleine sog unentwegt an der Flasche.

«Ich glaube, sie trinkt wieder alles aus, Albert.»

«Bestimmt.»

Bald darauf war die Flasche leer.

«Ach, was bist du für ein gutes Kind!» rief Mrs. Taylor und wollte behutsam den Sauger herausziehen. Das Baby erriet, was sie im Schilde führte, und sog stärker, weil es die Flasche nicht hergeben mochte. Mrs. Taylor aber ließ nicht locker, und flupp, war der Sauger draußen.

«Waa! Waa! Waa! Waa!» schrie das Baby.

«Ja, die dumme Luft», sagte Mrs. Taylor, legte das Kind an ihre Schulter und klopfte es auf den Rücken, bis es zweimal nacheinander aufstieß.

«Siehst du, mein Herzchen, nun ist alles in Ordnung.»

Nach einer Pause von wenigen Sekunden fing das Geschrei von neuem an.

«Laß sie noch mal aufstoßen», riet Albert. «Sie hat zu schnell getrunken.»

Wieder legte seine Frau das Kind an die

Schulter. Sie rieb sein Rückgrat. Sie nahm es von der einen Schulter an die andere. Sie bettete es mit dem Gesicht nach unten in ihren Schoß. Sie setzte es auf ihr Knie. Aber statt aufzustoßen, schrie das Würmchen immer lauter und eindringlicher.

«Gut für die Lungen», meinte Albert grinsend. «Auf diese Weise üben sie ihre Lungen. Wußtest du das, Mabel?»

«So, so, so», sagte die Frau und bedeckte das Gesicht des Kindes mit Küssen. «So, so, so.»

Sie wartete weitere fünf Minuten, aber das Geschrei verstummte keinen Augenblick.

«Du solltest sie neu wickeln», schlug Albert vor. «Sie hat sich naß gemacht, das ist alles.» Er holte eine Windel aus der Küche, und Mrs. Taylor legte das Baby trocken.

Es half gar nichts.

«Waa! Waa! Waa! Waa! Waa!» brüllte das Kind.

«Du hast ihr doch nicht die Sicherheitsnadel durch die Haut gestochen, Mabel?»

«Natürlich nicht», antwortete sie und fühlte vorsichtshalber unter der Windel nach.

Die Eltern saßen einander gegenüber in ihren Sesseln, betrachteten nervös lächelnd das

Kind auf dem Schoß der Mutter und warteten, daß es müde würde und mit dem Geschrei aufhöre.

«Weißt du was?» sagte Albert Taylor schließlich.

«Ja?»

«Ich wette, sie hat noch Hunger. Bestimmt fehlt ihr nichts weiter als ein ordentlicher Schluck aus der Flasche. Soll ich ihr was holen?»

«Ich glaube nicht, daß wir das tun sollten, Albert.»

«Wird ihr bestimmt nichts schaden», versicherte er und stand auf. «Ich wärme ihr eine zweite Portion.»

Er ging in die Küche und kam nach einigen Minuten mit einer bis zum Rand gefüllten Flasche zurück. «Ich habe die doppelte Menge genommen», erklärte er. «Acht Unzen. Für alle Fälle.»

«Bist du verrückt, Albert? Weißt du nicht, daß zuviel ebenso schädlich ist wie zuwenig?»

«Du brauchst ihr ja nicht alles zu geben, Mabel. Wenn du denkst, daß sie genug hat, hörst du eben auf. Na los, gib ihr zu trinken.»

Mrs. Taylor kitzelte die Oberlippe des Babys mit der Spitze des Saugers. Wie eine

Falle schloß sich der kleine Mund um den Gummipfropfen, und plötzlich herrschte Stille im Zimmer. Der Körper des Kindes entspannte sich, und das Gesicht bekam einen Ausdruck höchster Seligkeit.

«Na bitte, Mabel, was habe ich dir gesagt?»

Mrs. Taylor schwieg.

«Sie ist heißhungrig, sonst nichts. Sieh nur, wie sie saugt.»

Mrs. Taylor beobachtete den Flüssigkeitsspiegel in der Flasche. Er sank schnell, und bald waren von den acht Unzen drei oder vier verschwunden. «So», sagte sie, «das genügt.»

«Jetzt kannst du nicht plötzlich aufhören, Mabel.»

«Doch, Liebster, ich muß.»

«Ach wo. Gib ihr den Rest, und mach dir keine Gedanken.»

«Aber Albert...»

«Siehst du denn nicht, daß sie ausgehungert ist? Nur zu, mein Herzchen, trink weiter.»

«Das ist unvernünftig», widersprach seine Frau, zog aber die Flasche nicht weg.

«Sie holt nach, Mabel, und sie hat's nötig.»

Fünf Minuten später war die Flasche leer.

Diesmal protestierte das Kind nicht. Still und friedlich lag es in den Armen der Mutter, seine Augen strahlten vor Zufriedenheit, der Mund stand halb offen, die Lippen waren mit Milch beschmiert.

«Zwölf ganze Unzen, Mabel!» sagte Albert Taylor. «Das Dreifache der normalen Menge. Ist das nicht fabelhaft?»

Seine Frau blickte auf das Baby. Langsam veränderte sich ihr Gesichtsausdruck: Die ängstliche Besorgnis der ratlosen Mutter ergriff wieder von ihr Besitz.

«Was hast du denn?» fragte Albert. «Das ist doch wirklich kein Grund zur Aufregung. Wenn sie sich erholen soll, braucht sie eben mehr als schäbige vier Unzen. Mach dich nicht lächerlich.»

«Komm her, Albert», flüsterte sie.

«Warum?»

«Ich habe gesagt, komm her.»

Er gehorchte und stellte sich neben sie.

«Sieh genau hin und sag mir, ob dir irgendwas auffällt.»

Er beugte sich über das Baby. «Sie ist dikker geworden, Mabel, wenn du das meinst. Dicker und größer.»

«Heb sie hoch», befahl Mrs. Taylor. «Komm, nimm sie auf.»

Er griff zu. «Mein Gott, sie wiegt ja mindestens eine Tonne!»

«So ist es.»

«Wie herrlich!» rief er begeistert. «Ich wette, sie hat schon ihr normales Gewicht erreicht.»

«Mir ist das unheimlich, Albert. Es geht zu schnell.»

«Unsinn.»

«Das liegt nur an diesem widerlichen Gelée», sagte sie. «Ich hasse das Zeug.»

«Gelée Royale ist nicht widerlich», antwortete er empört.

«Du weißt nicht, was du redest, Albert. Glaubst du, es ist *normal,* wenn ein Kind so schnell zunimmt?»

«Du bist aber auch nie zufrieden!» rief er. «Erst stirbst du vor Angst, weil sie abnimmt, und jetzt regst du dich auf, weil sie zunimmt. Was ist eigentlich mit dir los, Mabel?»

Sie stand auf und ging mit dem Baby im Arm zur Tür. «Ich kann nur sagen», erklärte sie, «es ist ein Segen, daß ich hier bin, um aufzupassen. Du wirst ihr nichts mehr davon geben, soviel ist sicher.»

Albert sah ihr durch die offene Tür nach, wie sie die Diele überquerte und anfing, die Treppe hinaufzusteigen. Als sie die dritte oder vierte Stufe erreicht hatte, blieb sie plötzlich ein paar Sekunden regungslos stehen. Sie schien nachzudenken. Dann machte sie kehrt und kam mit schnellen Schritten ins Zimmer zurück.

«Albert», sagte sie.

«Ja?»

«Ich nehme an, in der letzten Flasche, die wir ihr gegeben haben, war kein Gelée Royale.»

«Ich wüßte nicht, warum du das annehmen solltest, Mabel.»

«Albert!»

«Was ist denn?» fragte er unschuldig und sanft.

«Wie kannst du es wagen!»

Albert Taylors rundes, bärtiges Gesicht nahm einen gekränkten und verwirrten Ausdruck an. «Ich finde, du solltest sehr froh sein, daß sie noch mal eine große Dosis bekommen hat», sagte er. «Wirklich, das finde ich. Und glaub mir, Mabel, es war eine sehr große Dosis.»

Seine Frau preßte das schlafende Kind an sich und sah ihren Mann mit weit aufgerissenen Augen an. Wie erstarrt vor Zorn stand sie in der Tür, hoch aufgerichtet, das Gesicht blasser, der Mund schmaler als sonst.

«Warte nur ab», fügte Albert hinzu, «deine Tochter wird so prächtig gedeihen, daß sie auf jeder Baby-Ausstellung im ganzen Land den ersten Preis kriegt. Warum legst du sie nicht gleich mal auf die Waage, um zu sehen, wieviel sie wiegt. Soll ich die Waage holen, damit du's feststellen kannst?»

Seine Frau ging zu dem großen Tisch in der Mitte des Zimmers, legte das Kind darauf und fing an, es zu entkleiden. «Ja», antwortete sie kurz, «hol die Waage.» Das Babyjäckchen und das Hemdchen flogen beiseite, die Windel folgte, und schon lag das Kind nackt auf dem Tisch.

«Mabel!» rief Albert. «Das ist ja ein Wunder! Rund wie eine Kugel ist sie!»

Tatsächlich, das Kind hatte seit dem vorigen Tage eine erstaunliche Menge Fleisch angesetzt. Der schmale eingefallene Brustkorb mit den vorspringenden Rippen war jetzt dick und rund wie ein Fäßchen, und der Bauch wölbte sich weit vor. Arme und Beine dagegen hatten mit diesem Wachstum merkwürdigerweise nicht Schritt gehalten. Sie waren kurz und mager geblieben und erinnerten an Stäbchen, die man in einen Fettkloß gespießt hat.

«Schau», sagte Albert, «sie bekommt sogar einen Pelz auf dem Bauch, der sie warm hält!» Er streckte die Hand aus, um mit den Fingerspitzen über den seidigen gelblichen Flaum zu streichen, der sich von einem Tag zum anderen gebildet hatte.

«Rühr sie nicht an!» schrie seine Frau, fuhr herum und stand mit flammenden Augen vor ihm. Sie sah plötzlich aus wie ein kleiner Kampfhahn. Ihr Hals war vorgereckt, als wollte sie ihm ins Gesicht fliegen und ihm die Augen aushacken.

«Reg dich nicht auf», sagte er begütigend und wich ein wenig zurück.

«Du mußt verrückt sein!» rief sie.

«Reg dich nicht auf, Mabel, bitte. Wenn du immer noch glaubst, es sei eine gefährliche Substanz... Das glaubst du doch, nicht wahr? Also gut, dann höre jetzt mal genau zu. Ich werde dir ein für allemal beweisen, daß Gelée Royale absolut unschädlich für Menschen ist, auch in großen Mengen. Zum Beispiel – was meinst du wohl, warum wir im vorigen Sommer nur die Hälfte unserer gewöhnlichen Honigernte gehabt haben? Sag mir das.» Er hatte sich inzwischen drei oder vier Schritte von ihr entfernt, und das schien ihm ein Gefühl der Sicherheit zu geben.

«Wir hatten im vorigen Sommer nur deswegen halb soviel Honig wie sonst», fuhr er langsam und leise fort, «weil ich hundert von meinen Bienenkörben auf die Produktion von Gelée Royale umgestellt habe.»

«Was hast du...?»

«Ah», flüsterte er, «das überrascht dich wohl ein wenig? Und ich hab's die ganze Zeit direkt vor deiner Nase getan.» Seine Augen glänzten, und ein listiges Lächeln zog langsam seinen Mund in die Breite. «Den Grund wirst du nie erraten», sprach er weiter. «Ich wollte eigentlich nicht darüber reden, weil ich fürchtete, es würde dich... na ja... irgendwie stören.» Albert machte eine kleine Pause. Er hielt die Hände in Brusthöhe vor sich und rieb sie aneinander, so daß ein schabendes Geräusch entstand.

«Erinnerst du dich, was ich dir aus der Zeitschrift vorgelesen habe? Die Stelle über die Ratte meine ich. Wie heißt es doch da? ‹Still und Burdett stellten fest, daß eine bisher nicht fortpflanzungsfähige männliche Ratte...›» Er zögerte, und sein Lächeln wurde noch breiter. «Hast du verstanden, Mabel?»

Sie stand unbeweglich und sah ihn an.

«Als ich den Satz zum allerersten mal las,

sprang ich sofort vom Stuhl auf und sagte mir, wenn das auf eine lausige Ratte so wirkt, dann sehe ich wirklich keinen Grund, warum es nicht auch auf Albert Taylor wirken sollte.»

Er hielt wiederum inne, streckte den Kopf vor und wandte das eine Ohr seiner Frau zu, in der Hoffnung, sie werde etwas sagen. Aber sie schwieg.

«Und das ist noch nicht alles», fuhr er schließlich fort. «Ich fühle mich so ausgezeichnet, Mabel, so ganz anders als vorher, und deswegen habe ich es weiter genommen, auch nachdem du mir die gute Nachricht mitgeteilt hattest. Eimerweise muß ich das Zeug in den letzten zwölf Monaten geschluckt haben.»

Der angstvolle Blick der Frau glitt über Gesicht und Hals ihres Mannes. Am Hals war kein Stückchen Haut zu sehen, nicht einmal unter den Ohren. Bis zu der Stelle, wo der Hals im Hemdkragen verschwand, war rundherum alles mit seidigen gelblichbraunen Haaren bedeckt.

«Bedenke», sagte Albert, während er zärtlich das Baby betrachtete, «auf ein kleines Kind wirkt es natürlich viel besser als auf einen ausgewachsenen Mann wie mich. Du brauchst sie ja nur anzuschauen, dann siehst du's, nicht wahr?»

Langsam wandten sich die Augen der Frau dem Kind zu. Es lag nackt auf dem Tisch, weiß, fett und verschlafen, wie eine gigantische Made, die sich dem Ende ihres Larvenlebens nähert und bald mit fertig ausgebildeten Mundwerkzeugen und Flügeln zum Vorschein kommen wird.

«Warum deckst du sie nicht zu, Mabel?» sagte er. «Wir wollen doch nicht, daß sich unsere kleine Königin erkältet.»

Georgy Porgy

Wenn ich auch weit davon entfernt bin, mein eigenes Lob singen zu wollen, so darf ich doch wohl sagen, daß ich mich in fast jeder Beziehung als eine ziemlich ausgereifte und abgerundete Persönlichkeit betrachte. Ich bin viel gereist. Ich bin einigermaßen belesen. Ich spreche Griechisch und Lateinisch. Ich befasse mich mit den verschiedensten Wissenschaften. Ich habe über die Entwicklung des Madrigals im fünfzehnten Jahrhundert gearbeitet und die Ergebnisse veröffentlicht. Ich war beim Tode vieler Menschen zugegen und habe außerdem, wie ich hoffe, das Leben zahlreicher anderer von der Kanzel herab durch meine Predigten beeinflußt.

Trotz alledem muß ich gestehen, daß ich noch nie – ja, wie soll ich mich ausdrücken? – noch nie wirklich etwas mit Frauen zu tun gehabt habe. Um ganz ehrlich zu sein, bis vor drei Wochen hatte ich keine einzige auch nur mit dem Finger berührt, abgesehen vielleicht von gelegentlichen Hilfeleistungen beim Übersteigen eines Zauntritts oder dergleichen. Und selbst dann habe ich mich immer bemüht, die Betreffende nur dort anzufassen, wo keine nackte Haut war, zum Beispiel an der Schulter oder der Taille, weil ich es nicht ertragen kann, weibliche Haut an der meinen zu spüren. Die Berührung von Haut mit Haut, das heißt von meiner Haut mit der Haut einer Frau – mag es sich nun um Hals, Gesicht, Bein, Hand oder nur Finger handeln – war mir von jeher so unangenehm, daß ich prinzipiell jede Dame mit fest auf dem Rükken verschränkten Händen begrüßte, um dem sonst unvermeidlichen Händeschütteln zu entgehen.

Wenn ich schon davon spreche, möchte ich sogar sagen, daß mich *jede* Art von physischem Kontakt mit dem anderen Geschlecht ungeheuer verwirrt, selbst wenn es sich nicht um nackte Haut handelt. Steht eine Frau dicht neben mir in einer Schlange, so daß sich unsere Körper berühren, oder quetscht sie sich im Bus neben mich auf den Sitz, Hüfte an Hüfte, Schenkel an Schenkel, dann brennen meine Wangen wie verrückt, und ich triefe förmlich von Schweiß.

Bei einem Schuljungen, der soeben das Alter der Pubertät erreicht hat, ist das alles durchaus in Ordnung. Hier zieht Mutter Natur einfach die Bremse an und hält den Burschen zurück, bis er alt genug ist, sich wie ein Gentleman zu benehmen. Das kann ich nur billigen.

Warum aber ich, ein Mann im reifen Alter von einunddreißig Jahren, noch immer unter einer solchen Verwirrung leide, das ist eine Frage, auf die ich keine Antwort finde. Schließlich hat man mich doch gelehrt, Versuchungen zu widerstehen, ich habe gewiß keinen Hang zu vulgären Leidenschaften.

Wenn ich mich irgendwie meines Äußeren schämen müßte, so würde das vielleicht vieles erklären. Ich bin jedoch keineswegs häßlich. Im Gegenteil, ich muß zugeben, daß mich das Schicksal in dieser Hinsicht recht freundlich behandelt hat. Ich messe genau fünf und einen halben Fuß, und obwohl meine Schultern leicht abfallen, passen sie gut zu meiner schlanken, geschmeidigen Figur. (Finden Sie nicht auch, daß leicht abfallende Schultern einem Mann, der nicht übermäßig groß ist, ein feines, ästhetisches Aussehen verleihen?) Meine Gesichtszüge sind regelmäßig, die Zähne in bestem Zustand (die oberen stehen ein ganz klein wenig vor), und das Haar, das von einem ungewöhnlich leuchtenden Rotbraun ist, bedeckt üppig und dicht meinen Kopf. Du lieber Himmel, und dabei habe ich Männer, die gegen mich die reinsten Knirpse waren, im Umgang mit dem schönen Geschlecht erstaunliche Sicherheit entfalten sehen. Oh, wie ich sie beneidete! Wie ich mich danach sehnte, es ihnen gleichzutun! Immer habe ich mir gewünscht, daß ich fähig wäre, an einigen dieser amüsanten kleinen Finessen teilzuhaben, die ich fortwährend im Umgang zwischen Männern und Frauen beobachtete – Berührungen der Hände, ein Küßchen auf die Wange, verschlungene Arme, aneinandergepreßte Knie oder Füße unter dem Tisch und vor allem jene rückhaltlose, heftige Umarmung zweier Menschen beim Tanz.

Für mich hat es das alles nie gegeben. Ach, ich mußte mich sogar ständig bemühen, es zu vermeiden. Und das, liebe Freunde, ist leichter gesagt als getan, selbst für einen unbedeutenden Hilfsgeistlichen irgendwo auf dem Lande, weit entfernt von den Fleischtöpfen der Metropole.

Meine Gemeinde, müssen Sie wissen, enthielt eine erstaunlich große Anzahl von Damen. Es gab ihrer eine Unmenge im Kirchspiel, und das Schlimme war, daß die meisten – mindestens sechzig Prozent – alte Jungfern waren, mithin also gänzlich ungebändigt von dem wohltätigen Einfluß der heiligen Ehe.

Behende wie ein Eichhörnchen mußte ich sein, sage ich Ihnen.

Man sollte meinen, daß ich bei der sorgfältigen Erziehung, die meine Mutter mir angedeihen ließ, ohne weiteres mit solchen Dingen hätte fertig werden können, und zweifellos wäre das auch der Fall gewesen, wenn sie nur lange genug gelebt hätte, um meine Erziehung zu vollenden. Doch leider wurde sie mir entrissen, als ich noch sehr jung war.

Sie war eine wunderbare Frau, meine Mutter. An den Handgelenken pflegte sie breite Armbänder zu tragen, immer fünf oder sechs auf einmal, Armbänder, an denen alles mögliche hing und die bei jeder Bewegung klirrten und klingelten. Wo sie auch sein mochte, man konnte sie immer finden, indem man diesem melodischen Geräusch nachging. Besser als Kuhglocken war das. Abends hockte sie in ihren schwarzen Hosen im Türkensitz auf dem Sofa und rauchte ungezählte Zigaretten aus einer langen schwarzen Spitze. Ich kauerte auf dem Boden und beobachtete sie.

«Willst du meinen Martini kosten, George?» fragte sie mich oft.

«Sei vorsichtig, Clare», mahnte dann mein Vater. «Wenn du dem Jungen dauernd Alkohol gibst, hört er auf zu wachsen.»

«Los», sagte sie. «Keine Angst. Trink nur.»

Ich gehorchte meiner Mutter stets aufs Wort.

«Nicht soviel», sagte mein Vater. «Ein Schlückchen genügt, damit er weiß, wie es schmeckt.»

«Misch dich nicht ein, Boris. Dies ist *sehr* wichtig.»

Meine Mutter vertrat die Theorie, man dürfe vor einem Kind nichts in der Welt geheimhalten. Zeige ihm alles. Laß ihn seine Erfahrungen machen.

«Ich will nicht, daß mein Sohn mit anderen Kindern über schmutzige Geheimnisse flüstert und an diesen oder jenen Fragen herumrätselt, nur weil ihm niemand die Wahrheit sagt.»

Sage ihm alles. Laß ihn zuhören.

«Komm her, George, ich will dir erzählen, was man von Gott wissen muß.»

Abends, bevor ich zu Bett ging, las sie mir nie Geschichten vor, statt dessen «erzählte» sie. Jeden Abend etwas anderes.

«Komm her, George, heute will ich dir von Mohammed erzählen.»

Sie hockte in ihren schwarzen Hosen im Türkensitz auf dem Sofa und winkte mir mit einer merkwürdig schlaffen Gebärde. In der Hand hielt sie die lange schwarze Zigarettenspitze, und die Armreifen mit den vielen Anhängern klirrten.

«Wenn man schon eine Religion haben muß, finde ich den Mohammedanismus ebenso gut wie irgendeine andere. Er geht davon aus, daß es das wichtigste ist, gesund zu bleiben. Man darf eine Menge Frauen haben, aber weder rauchen noch trinken.»

«Warum darf man weder rauchen noch trinken?»

«Wegen der vielen Frauen, Liebling. Für sie muß man gesund und männlich bleiben.»

«Was heißt männlich?»

«Darüber sprechen wir morgen, mein Herzchen. Immer nur eine Sache auf einmal. Ja, und die Mohammedaner leiden auch nie an Verstopfung.»

«Na, Clare», ließ sich mein Vater vernehmen, «halte dich lieber an die Tatsachen.»

«Was weißt denn du davon, mein guter Boris? Wenn *du* einmal versuchen wolltest, dich täglich morgens, mittags und abends in Richtung auf Mekka zu verneigen, bis deine Stirn die Erde berührt, dann würdest du in dieser Beziehung etwas weniger Schwierigkeiten haben.» Ich verstand zwar kaum die Hälfte von dem, was sie mir erzählte, aber ich hörte ihr trotzdem mit Begeisterung zu. Sie vertraute mir ja Geheimnisse an, und etwas Aufregenderes gab es nicht.

«Komm her, George, ich will dir genau erklären, wie dein Vater sein Geld verdient.»

«Nein, Clare, jetzt ist es genug.»

«Unsinn, Liebster. Warum sollen wir vor dem Jungen ein *Geheimnis* daraus machen? Dann denkt er doch nur, es wäre noch viel, viel schlimmer.»

Als ich zehn Jahre alt war, fing sie an, mir detaillierte Vorträge über die sexuelle Frage zu halten. Das war das größte Geheimnis von allen und daher das reizvollste.

«Komm her, George, ich werde dir erzählen, wie du auf die Welt gekommen bist, ganz von Anfang an.»

Ich sah meinen Vater aufblicken und den Mund weit öffnen, wie er es immer tat, wenn er etwas Wichtiges sagen wollte. Doch schon richtete meine Mutter ihre glänzenden Augen auf ihn, und er wandte sich wieder seinem Buch zu, ohne ein Wort gesprochen zu haben.

«Dein armer Vater ist verlegen», sagte sie

und schenkte mir ihr privates Lächeln, das nur ich bekam, niemand anders. Bei diesem Lächeln hob sie langsam den einen Mundwinkel, so daß sich eine hübsche Falte bis zum Auge hinauf bildete und eine Art Blinzel-Lächeln daraus wurde.

«Verlegen sein, Liebling, ist etwas, wovor ich dich um jeden Preis bewahren möchte. Und bilde dir ja nicht ein, daß dein Vater nur *deinetwegen* verlegen wäre.»

Mein Vater rückte nervös im Sessel hin und her.

«Mein Gott, solche Dinge setzen ihn sogar in Verlegenheit, wenn er mit mir, seiner Frau, allein ist.»

«Was für Dinge?» fragte ich.

Mein Vater stand auf und verließ das Zimmer.

Ungefähr eine Woche nach diesem Abend kam meine Mutter ums Leben. Vielleicht waren inzwischen auch schon zehn Tage vergangen oder vierzehn, genau weiß ich das nicht. Ich weiß nur, daß sich diese besondere Serie von «Erzählungen» dem Ende näherte, als es geschah, und weil ich selbst in die kurze Kette von Ereignissen, die zu ihrem Tode führten, verwickelt war, steht mir noch jede Einzelheit dieser merkwürdigen Nacht so deutlich vor Augen, als wäre es gestern gewesen. Jederzeit kann ich meine Erinnerung einschalten und alles wie einen Film an meinen Augen vorüberziehen lassen, und was ich sehe, verändert sich nie. Immer endet es an derselben Stelle, nicht früher, nicht später, und immer beginnt es auf dieselbe Weise, seltsam unvermittelt, im Dunkeln, mit der Stimme meiner Mutter, die irgendwo über mir meinen Namen ruft.

«George! Wach auf, George! Wach auf!»

Und dann blendet mich grelles elektrisches Licht, aus dessen Mitte, aber von weit her, die Stimme auf mich einspricht: «George, wach auf, spring aus dem Bett, zieh deinen Schlafrock an! Schnell! Unten gibt es etwas Interessantes zu sehen. Komm, Kind, komm! Beeil dich! Zieh deine Hausschuhe an. Wir gehen hinaus.»

«Hinaus?»

«Rede nicht lange, George. Tu, was ich dir gesagt habe.»

Ich bin so verschlafen, daß ich kaum die Füße heben kann, aber meine Mutter nimmt mich fest an der Hand und führt mich nach unten, hinaus in die Nacht, wo mir die Kälte entgegenschlägt, als hätte mir jemand einen nassen Schwamm ins Gesicht geworfen. Ich reiße die Augen weit auf und sehe den Rasen, der von Frost glitzert, und die riesigen Äste der Zeder, die schwarz vor der schmalen Mondsichel stehen. Darüber wölbt sich der mit unzähligen Sternen besäte Himmel. Wir eilen über den Rasen, meine Mutter und ich; ihre Armbänder klirren wie toll, und ich muß laufen, um nicht zurückzubleiben. Bei jedem Schritt höre ich das spröde, gefrorene Gras unter meinen Füßen knirschen.

«Josephine hat gerade angefangen, ihre Jungen zu kriegen», sagt meine Mutter. «Das ist eine prachtvolle Gelegenheit. Jetzt wirst du sehen, wie das vor sich geht.»

In der Garage brennt Licht, und wir treten ein. Mein Vater ist nicht da, der Wagen auch nicht. Der leere Raum wirkt riesengroß, und durch die Sohlen meiner Hausschuhe spüre ich den eiskalten Betonfußboden. In einer Ecke liegt Josephine in ihrem niedrigen Drahtkäfig auf einem Strohhaufen. Josephine, ein großes blauschwarzes Kaninchen mit roten Augen, blickt mißtrauisch auf, als wir hereinkommen. Ihr Mann, der Napoleon heißt, ist in einem Käfig in der gegenüberliegenden Ecke untergebracht. Ich bemerke, daß er auf den Hinterbeinen steht und ungeduldig an dem Maschendraht kratzt.

«Schau!» ruft meine Mutter. «Gerade kriegt sie das erste! Es ist schon fast draußen!»

Wir schleichen zu Josephine hin, und ich hocke mich vor den Käfig, das Gesicht ans Gitter gepreßt. Ich bin entzückt. Hier kommt ein Kaninchen aus dem anderen heraus. Phantastisch ist das, die reinste Hexerei. Und sehr geschwind geht es.

«Sieh nur, wie es herauskommt, so hübsch sauber in seinen kleinen Zellophanbeutel verpackt!» sagt meine Mutter. «Und nun gib acht, wie sie für ihr Kleines sorgt! Die Ärmste hat keinen Waschlappen, und wenn sie einen hätte, könnte sie ihn nicht in den Pfoten halten, also wäscht sie ihr Kind mit der Zunge.»

Die Kaninchenmutter wendet ihre kleinen roten Augen ängstlich in unsere Richtung und rückt dann herum, so daß nun ihr Körper zwischen uns und dem Jungen ist.

«Komm nach drüben», sagt meine Mutter. «Das dumme Tier hat sich bewegt. Ich glaube, sie möchte ihr Baby vor uns verstekken.»

Wir gehen auf die andere Seite des Käfigs. Josephine folgt uns mit dem Blick. Das Männchen krallt sich am Gitter fest und hüpft wie besessen.

«Warum ist Napoleon so aufgeregt?» frage ich.

«Ich weiß nicht, Liebling. Kümmere dich nicht um ihn. Schau Josephine an. Ich glaube, sie kriegt bald das nächste. Sieh nur, wie sorgfältig sie ihr Baby wäscht! Sie behandelt es genauso, wie Menschenmütter ihre Kinder behandeln. Denk dir, als du geboren wurdest, habe ich's mit dir auch so gemacht.»

Das große blauschwarze Kaninchen beobachtet uns noch immer. Dann schiebt es das Junge mit der Schnauze von uns fort, dreht sich langsam auf die andere Seite und fängt von neuem mit Lecken und Säubern an.

«Ist es nicht geradezu ein Wunder, daß eine Mutter instinktiv weiß, was sie zu tun hat?» flüstert meine Mutter. «Nun stell dir mal vor, Liebling, daß du das Baby wärst und ich Josephine – halt, komm wieder nach drüben, sonst siehst du ja nichts.» Wir kriechen um den Käfig herum, damit wir das Junge ungehindert betrachten können.

«Sieh nur, wie sie es hätschelt und mit Küssen bedeckt. Da! Jetzt küßt sie es *wirklich*! Genau wie ich dich!»

Ich schaue genauer hin. Was ist das für eine sonderbare Art zu küssen?

«Nein!» schreie ich. «Sie frißt es!»

Tatsächlich, der Kopf des winzigen Kaninchens verschwindet im Maul der Mutter.

«Schnell, Mammi!»

Mein Schrei ist noch nicht verklungen, da hat Josephine schon den ganzen kleinen Körper verschluckt.

Ich drehe mich hastig um, und ehe ich weiß, wie mir geschieht, ist das Gesicht meiner Mutter über mir, dicht über mir, keine sechs Zoll entfernt. Vielleicht versucht sie etwas zu sagen, vielleicht ist sie auch zu überrascht, um etwas zu sagen, aber ich sehe nichts als ihren Mund, einen riesigen roten Mund, der sich weiter und weiter öffnet, bis er nur noch ein tiefes klaffendes Loch mit einer schwarzen Mitte ist. Ich schreie wieder, und diesmal kann ich nicht aufhören. Dann kommen plötzlich ihre Hände auf mich zu, ich fühle ihre Haut an der meinen, lange, kalte Finger schließen sich eng um meine Fäuste, ich springe zurück, reiße mich los, stürze blindlings in die Nacht hinaus. Immerfort schreiend, renne ich die Auffahrt entlang und durch das Tor, höre dabei hinter mir im Dunkeln das Klirren der Armbänder, das mein Geschrei übertönt und immer lauter wird, je näher sie mir kommt auf dem Weg, der bergab führt, den Hügel hinunter und über die Brücke zur Landstraße, wo viele Wagen mit blendenden Scheinwerfern im Sechzigmeilentempo dahinrasen.

Irgendwo hinter mir höre ich das Kreischen von Bremsen, das Scharren von Reifen auf dem Asphalt. Dann wird es still, und plötzlich bemerke ich, daß die Armbänder nicht mehr klingeln.

Arme Mutter. Hätte ich sie nur etwas länger behalten dürfen.

Ich gebe zu, daß sie mir mit diesen Kaninchen einen furchtbaren Schreck eingejagt hat, aber es war nicht ihre Schuld. Irgendwie passierten zwischen uns immer so seltsame Dinge, und ich hatte mir angewöhnt, darin eine Art Abhärtung zu sehen, die mir eher nützte als schadete. Hätte sie nur lange genug gelebt, um meine Erziehung vollenden zu können, so wäre mir sicherlich all der Verdruß erspart geblieben, von dem ich Ihnen vor fünf Minuten berichtet habe.

Damit bin ich wieder bei meinem Thema. Von meiner Mutter wollte ich nämlich gar nicht sprechen. Sie hat nichts mit dem zu tun, wovon hier die Rede sein soll, und ich werde sie nicht mehr erwähnen.

Ich habe Ihnen von den alten Jungfern meines Kirchspiels erzählt. Nicht wahr, alte

Jungfer ist ein häßliches Wort? Es beschwört das Bild einer zähen, alten Henne mit runzligem Schnabel herauf oder läßt an ein schandmäuliges Monstrum denken, das in Reithosen im Hause herumstapft. Aber das traf auf meine alten Jungfern keineswegs zu. Sie waren saubere, gesunde, ansehnliche Frauen, die meisten von ihnen aus sehr guter Familie und obendrein wohlhabend, so daß jeder andere unverheiratete Mann ihre Gesellschaft recht erfreulich gefunden hätte.

Anfangs, als ich noch neu im Kirchspiel war, hatte ich keinen Grund zur Klage. Mein Beruf und mein geistliches Gewand boten mir einen gewissen Schutz, und zudem befleißigte ich mich einer würdevollen Zurückhaltung, um Vertraulichkeiten von vornherein abzuwehren. So konnte ich mich einige Monate lang sorglos im Kreise meiner Pfarrkinder bewegen. Keine Dame ließ es sich einfallen, mich auf einem Wohltätigkeitsbasar unterzufassen oder meine Finger zu berühren, wenn sie mir beim Abendessen das Salzfäßchen reichte. Ich war sehr glücklich und fühlte mich so wohl wie seit Jahren nicht mehr. Sogar die nervöse Angewohnheit, beim Sprechen mein Ohrläppchen mit dem Zeigefinger zu reiben, verlor sich allmählich.

Das war, was ich die erste Periode nenne, und sie erstreckte sich über nahezu sechs Monate. Dann kam der Ärger.

Freilich, ich hätte wissen müssen, daß ein gesunder Mann nicht hoffen darf, Verwicklungen nur dadurch zu vermeiden, daß er auf Distanz zwischen sich und den Damen bedacht ist. Auf die Dauer hilft das gar nichts. Hat es eine Wirkung, dann eher die entgegengesetzte.

Wie oft sah ich sie bei einer Whistpartie verstohlen zu mir herüberspähen. Sie tuschelten miteinander, nickten vielsagend, leckten sich die Lippen, sogen an ihren Zigaretten, schmiedeten flüsternd Angriffspläne. Manchmal fing ich ein paar Gesprächsfetzen auf: «Was für ein scheuer Mensch... ein bißchen nervös ist er, nicht wahr... viel zu verkrampft... er braucht Gesellschaft... man müßte ihm die Hemmungen nehmen... ihn lehren, sich zu entspannen.» Und dann, im Laufe der nächsten Wochen, fingen sie an, mich einzukreisen. Ich wußte, daß sie es taten, ich fühlte, was vor sich ging, obwohl sie fürs erste ihre Absicht durch nichts verrieten.

Das war die zweite Periode. Sie dauerte den größten Teil eines Jahres. Eine aufreibende Zeit, und doch war es der Himmel auf

Erden, verglichen mit der dritten und letzten Phase.

Denn nun gaben die Angreifer nicht mehr vereinzelte, ungezielte Schüsse aus dem Hinterhalt ab – nein, sie stürzten plötzlich mit aufgepflanztem Bajonett auf mich zu. Entsetzlich war es, schreckenerregend. Nichts kann einen Mann mehr entnerven als ein blitzschneller, unerwarteter Überfall. Ich bin kein Feigling. Jedem *Einzelwesen* meiner Größe biete ich unter allen Umständen unerschrocken die Stirn. Aber dieser Angriff – davon bin ich jetzt fest überzeugt – war das Werk *vieler* Frauen, die eine raffiniert zusammenarbeitende Einheit bildeten.

Der erste Vorstoß kam von Miss Elphinstone, einem dicken Weibsbild mit Muttermalen. Ich mußte sie eines Nachmittags aufsuchen, um von ihr einen Beitrag für die neuen Orgelbälge zu erbitten, und nach einer liebenswürdigen Unterhaltung in der Bibliothek schrieb sie mir huldvoll einen Scheck über zwei Guineen aus. Ich bat sie, mich nicht hinauszubegleiten, und ging in die Halle, um meinen Hut zu holen. Gerade wollte ich ihn vom Haken nehmen, als sie plötzlich – sie mußte mir nachgeschlichen sein –, als sie plötzlich ihren bloßen Arm unter den meinen schob, und gleich darauf waren ihre Finger in den meinen verschlungen. Wieder und wieder drückte sie meine Hand, so fest, so regelmäßig, als betätige sie den Ball eines Zerstäubers.

«Sind Sie wirklich so unnahbar, wie Sie immer tun?» flüsterte sie.

O Himmel!

Ich kann nur sagen, daß ich, als ihr Arm unter den meinen glitt, das Gefühl hatte, eine Kobra ringele sich um mein Handgelenk. Ich wandte mich zur Flucht, stieß die Haustür auf und rannte die Auffahrt hinunter, ohne mich umzusehen.

Am nächsten Tag fand im Gemeindesaal des Dorfes ein Basar statt (auch hier ging es darum, Geld für die neuen Orgelbälge zusammenzubringen). Gegen Ende der Veranstaltung stand ich nichtsahnend in einer Ecke, trank Tee und beobachtete die Dorfbewohner, die sich vor den Ständen drängten. Plötzlich hörte ich neben mir jemanden sagen: «Oje, was haben Sie für hungrige Augen, mein Lieber!» Im nächsten Moment lehnte sich ein kurvenreicher Körper an mich, und eine Hand mit roten Fingernägeln versuchte, mir ein dickes Stück Kokosnußkuchen in den Mund zu schieben.

«Miss Prattley», rief ich. «Bitte!»

Aber schon hatte sie mich an die Wand gequetscht, und ich, in der einen Hand die Tasse, in der anderen die Untertasse, war völlig wehrlos. Ich fühlte, wie mir am ganzen Körper der Schweiß ausbrach, und wäre mein Mund nicht voll von dem Kuchen gewesen, den sie hineinstopfte, dann hätte ich ganz bestimmt geschrien.

Ein häßlicher Zwischenfall, doch es kam noch viel schlimmer.

Am folgenden Tag war es Miss Unwin. Besagte Miss Unwin war eng mit Miss Elphinstone *und* Miss Prattley befreundet, und daher wäre natürlich äußerste Vorsicht am Platze gewesen. Aber wer hätte gedacht, daß ausgerechnet Miss Unwin, dieses stille, sanfte Mäuschen – sie hatte mir erst ein paar Wochen zuvor ein wunderschönes, eigenhändig gesticktes Kissen für die Kirche geschenkt –, wer also hätte gedacht, daß sie sich je irgendwelche Freiheiten herausnehmen würde? Als sie mich bat, sie in die Krypta zu begleiten und ihr die Wandmalereien aus der Sachsenzeit zu zeigen, kam mir keinen Augenblick der Gedanke, daß dies eine Teufelei sein könnte. Und doch war es eine.

Ich mag dieses Erlebnis nicht beschreiben; es war zu peinlich. Andere, nicht weniger grausame Überfälle folgten. Fast täglich ereignete sich eine neue Schändlichkeit. Ich war nur noch ein Nervenbündel. Manchmal wußte ich kaum, was ich tat. Bei der Trauung der jungen Gladys Pitcher fing ich an, die Begräbnisformel zu lesen. Als ich das Neugeborene von Mrs. Harris taufte, ließ ich das Würmchen ins Taufbecken fallen, so daß es beinahe ertrunken wäre. Ein Hautausschlag am Hals, den ich seit reichlich zwei Jahren nicht mehr gehabt hatte, trat wieder auf, und die dumme Geschichte mit meinem Ohrläppchen wurde schlimmer denn je. Sogar mein Haar begann auszufallen. Je mehr ich mich zurückzog, desto heftiger verfolgten sie mich. So sind die Frauen. Nichts reizt sie so sehr wie ein Mann, der zu bescheiden oder zu schüchtern ist, sich ihnen zu nähern. Und doppelt hartnäckig werden sie, wenn es ihnen glückt – und hier muß ich, so schwer es mir wird, ein Geständnis machen –, wenn es ihnen, wie in meinem Fall, glückt, tief in den Augen dieses Mannes einen kleinen geheimen Schimmer von Sehnsucht zu entdecken.

Wissen Sie, im Grunde war ich nämlich ganz wild auf Frauen.

Ja, ich weiß, nach allem, was ich erzählt habe, werden Sie das kaum glaubhaft finden, aber es war wirklich so. Das, was mich an den Frauen erschreckte, war einzig und allein der körperliche Kontakt. Vorausgesetzt, daß sie in sicherer Entfernung blieben, konnte ich sie stundenlang beobachten, und zwar ebenso fasziniert, wie Sie vielleicht ein Tier beobachten, das Sie um keinen Preis anfassen möchten, einen Seepolypen zum Beispiel oder eine Giftschlange. Ich liebte den Anblick eines weißen, weichen Armes, der aus einem Ärmel tauchte, merkwürdig nackt wie eine geschälte Banane. Es regte mich maßlos auf, wenn ein Mädchen in einem enganliegenden Kleid durchs Zimmer ging, und ich genoß es auch, Frauenbeine von hinten zu sehen, besonders wenn sie in Schuhen mit hohen Absätzen steckten – der wundervolle Schwung in den Kniekehlen und die Beine selbst, straff und von einer bis zum äußersten angespannten Elastizität. Wenn ich an einem Sommernachmittag in Lady Birdwells Wohnzimmer am Fenster saß, schaute ich manchmal über den Rand meiner Teetasse zum Schwimmbassin hinüber und war wie berauscht, wenn ich zwischen der oberen und der unteren Hälfte eines zweiteiligen

Badeanzugs einen sonnenverbrannten Streifen Fleisch erspähte.

An solchen Gedanken ist nichts Schlimmes. Alle Männer haben sie von Zeit zu Zeit. Bei mir aber hinterließen sie ein furchtbares Schuldgefühl. Bin ich es etwa, so fragte ich mich immer wieder, der unbewußt verantwortlich ist für die schamlose Art, in der sich diese Damen neuerdings gefallen? Ist es das unkontrollierbare Glänzen meiner Augen, das fortwährend ihre Leidenschaft erregt und sie reizt? Gebe ich ihnen, sooft ich sie anschaue, unwissentlich jenes Signal, das man den Komm-zu-mir-Wink nennt? Tue ich das?

Oder gehört ihr aggressives Benehmen zu den Kennzeichen der weiblichen Natur?

Auf diese Frage hätte ich wohl leicht eine beruhigende Antwort finden können, doch das genügte mir nicht. Mein Gewissen läßt sich nie mit Vermutungen beschwichtigen, es fordert Beweise. Ich mußte einwandfrei feststellen, wer in diesem Fall der schuldige Teil war – ich oder sie. So entschloß ich mich denn zu einem einfachen Experiment eigener Erfindung, das ich mit Hilfe von Snellings Ratten durchführte.

Etwa ein Jahr zuvor hatte ich Ärger mit

einem unartigen Chorknaben namens Billy Snelling gehabt. Der Junge hatte an drei aufeinanderfolgenden Sonntagen ein Paar weiße Ratten in die Kirche mitgebracht und sie während meiner Predigt auf dem Fußboden herumlaufen lassen. Schließlich hatte ich die Tiere konfisziert, sie mit nach Hause genommen und in einer Kiste untergebracht, die ich in den Schuppen am Ende des Pfarrgartens stellte. Aus reiner Menschlichkeit hatte ich sie gefüttert, und das Ergebnis war, daß sich diese Kreaturen, wenn auch ohne die geringste Ermutigung von meiner Seite, sehr schnell zu vermehren begannen. Aus dem Pärchen wurden fünf, aus den fünf wurden zwölf.

So stand es, als ich den Entschluß faßte, sie zu Forschungszwecken zu verwenden. Die Bedingungen waren ideal, denn es gab ebenso viele Männchen wie Weibchen, sechs von jeder Sorte.

Zunächst sperrte ich Männchen und Weibchen in getrennte Käfige, und zwar für volle drei Wochen. Die Ratte ist ein sehr wollüstiges Tier, und einundzwanzig Tage sind für sie, wie jeder Zoologe bestätigen wird, eine außerordentlich lange Trennungszeit. Ich vermute, daß eine Woche erzwungenen Zölibats für eine Ratte ungefähr einem Jahr gleicher Behandlung für jemanden wie Miss Elphinstone oder Miss Prattley entspricht – woraus man ersieht, daß ich bemüht war, wirklichkeitsnahe Bedingungen zu schaffen.

Als die drei Wochen vorüber waren, nahm ich eine große Kiste, die in der Mitte durch ein Gitter geteilt war, und setzte die Weibchen auf die eine, die Männchen auf die andere Seite. Das Gitter bestand nur aus drei blanken Drähten mit jeweils einem Zoll Zwischenraum, aber es war mit starkem elektrischem Strom geladen.

Um die Sache der Wirklichkeit noch mehr anzunähern, gab ich jedem Weibchen einen Namen. Das größte, das auch die längsten Barthaare hatte, war Miss Elphinstone. Ein anderes mit einem kurzen, dicken Schwanz nannte ich Miss Prattley. Das kleinste hieß Miss Unwin und so weiter. Die Männchen, alle sechs, waren ICH.

Nun holte ich mir einen Stuhl, ließ mich darauf nieder und beobachtete.

Ratten sind von Natur mißtrauisch, und als ich die beiden Geschlechter, nur durch die Drähte getrennt, in dieselbe Kiste gesetzt hatte, rührte sich zunächst keines der Tiere. Die Männchen starrten die Weibchen unverwandt durch das Gitter an. Die Weibchen wiederum starrten die Männchen an und warteten, daß sie herüberkämen. Ich sah genau, daß beide Seiten vor Verlangen brannten. Die Barthaare zitterten, die Nasen zuckten, und gelegentlich schlug ein langer Schwanz scharf gegen die Wand der Kiste.

Nach einer Weile löste sich ein Männchen von seiner Gruppe. Vorsichtig, den Bauch dicht über dem Boden, näherte es sich dem Gitter. Es berührte einen Draht und wurde sofort elektrisch hingerichtet. Die elf Hinterbliebenen saßen regungslos, wie erstarrt.

Neun und eine halbe Minute lang rührte sich auf beiden Seiten nichts, aber ich bemerkte, daß alle Männchen den Körper ihres toten Genossen anstarrten und die Weibchen nur Augen für die Männchen hatten.

Schließlich konnte es Miss Prattley mit dem kurzen Schwanz nicht länger aushalten. Sie sprang vorwärts, kam an den Draht und fiel tot um.

Die Männchen preßten den Leib fest an den Boden und betrachteten nachdenklich die beiden Leichen am Drahtgitter. Auch die Weibchen waren anscheinend tief erschüttert, und wieder blieb es auf beiden Seiten geraume Zeit still.

Nun verriet Miss Unwin Zeichen von Ungeduld. Sie schnaufte hörbar, und ihre bewegliche rosa Nasenspitze zuckte hin und her. Dann wippte sie auf und nieder, als wollte sie seilspringen. Sie schaute sich nach ihren vier Gefährtinnen um und hob den Schwanz hoch in die Luft, was wohl heißen sollte: Jetzt geht's los, Kinder! Und schon lief sie flink auf die Drähte zu, steckte den Kopf hindurch und wurde getötet.

Sechzehn Minuten später machte Miss Foster ihre erste Bewegung. Miss Foster war eine Frau aus dem Dorf, die Katzen züchtete, und sie hatte die Unverschämtheit gehabt, an ihrem Haus in der High Street ein großes Schild mit der Aufschrift *Fosters Katzenheim* anzubringen. Durch ihre langjährige Gemeinschaft mit diesen Tieren schien sie all deren schlechte Eigenschaften erworben zu haben, und wenn sie mir in einem Zimmer nahe kam, spürte ich trotz des Rauchs ihrer russischen Zigarette einen schwachen, aber scharfen Katzengeruch. Ich hatte nie den Eindruck gehabt, daß sie imstande sei, ihre niedrigen Instinkte zu beherrschen, und so beobachtete ich mit Genugtuung, wie sich die Törichte das Leben nahm, indem sie mit einem letzten, verzweifelten Sprung auf das männliche Geschlecht zustürzte.

Die nächste war eine Miss Montgomery-Smith, eine energische kleine Person, die mir einmal hatte einreden wollen, sie sei mit einem Bischof verlobt gewesen. Sie starb bei dem Versuch, auf dem Bauch unter dem Draht durchzukriechen, und ich muß sagen, daß ich daraus gewisse Rückschlüsse auf ihre Lebensweise zog.

Die fünf Männchen saßen noch immer unbeweglich und warteten.

Als fünftes Weibchen machte sich Miss Plumley auf den Weg. Sie war eine seltsame Person, die mir immerzu Botschaften in den Klingelbeutel steckte. Erst am letzten Sonntag, als ich nach dem Morgengottesdienst in der Sakristei das Geld zählte, hatte ich in einem zusammengefalteten Zehnshillingschein so ein Zettelchen gefunden. *Bei der Predigt klang heute Ihre arme Stimme recht heiser*, stand darauf. *Bitte, gestatten Sie mir, Ihnen zur Linderung eine Flasche von meinem selbstbereiteten Hustenbalsam zu bringen. Herzlichst Eunice Plumley.*

Miss Plumley schlenderte gemächlich zum Gitter, schnüffelte mit der Nasenspitze an dem mittleren Draht, kam etwas zu nahe, und zweihundertvierzig Volt Wechselstrom fuhren ihr in den Körper.

Die fünf Männchen blieben, wo sie waren, und sahen dem Gemetzel zu.

Auf der weiblichen Seite war jetzt nur noch Miss Elphinstone übrig.

Eine geschlagene halbe Stunde machte weder sie noch eine der anderen Ratten eine Bewegung. Schließlich richtete sich eines der Männchen langsam auf, tat einen Schritt vorwärts, zögerte, besann sich eines Besseren und kauerte sich wieder auf den Boden.

Das muß Miss Elphinstone über die Maßen enttäuscht haben, denn plötzlich stürmte sie mit blitzenden Augen vor und versuchte über das Gitter zu springen. Es war eine bemerkenswerte Leistung, und beinahe hätte sie es geschafft. Eines ihrer Hinterbeine streifte jedoch den obersten Draht, und so starb sie wie die anderen ihres Geschlechts.

Es tat mir unbeschreiblich wohl, dieses einfache und, wie ich selbst sagen muß, klug erdachte Experiment zu beobachten. Mit einem Schlage hatte sich mir die unglaublich lüsterne und hemmungslose weibliche Natur enthüllt. Mein eigenes Geschlecht war glänzend gerechtfertigt, ich konnte beruhigt sein.

All die quälenden Schuldgefühle, die sich immer wieder in mir geregt und mein Gewissen belastet hatten, flogen im Nu aus dem

Fenster. Das Bewußtsein meiner Unschuld verlieh mir ungeahnte Kraft und Heiterkeit.

Einen Augenblick spielte ich mit dem absurden Gedanken, das schwarze Eisengitter, das den Pfarrgarten umgab, unter Strom zu setzen; die Pforte allein würde vielleicht schon genügen. Dann konnte ich von der Bibliothek aus in aller Gemütsruhe zuschauen, wie die Damen Elphinstone, Prattley und Unwin – diesmal in Menschengestalt – ihre endgültige Strafe dafür empfingen, daß sie ein unschuldiges männliches Wesen belästigt hatten. Verrückte Gedanken!

Nein, sagte ich mir, so geht es nicht. Ich muß mich vielmehr mit einer Art unsichtbarem elektrischem Zaun umgeben, der ganz aus meiner persönlichen Moral besteht. Dahinter kann ich dann in vollständiger Sicherheit sitzen, während die Feinde, einer nach dem anderen, gegen das Gitter prallen.

Ich nahm mir vor, ein schroffes Benehmen an den Tag zu legen, alle Frauen kurz abzufertigen und sie nicht anzulächeln. Auch wollte ich keinen Schritt mehr zurückweichen, wenn eine auf mich zukam, sondern ihr standhalten, sie durchdringend ansehen und jeden Annäherungsversuch mit einer scharfen Antwort quittieren.

In dieser Stimmung begab ich mich am nächsten Tag zu Lady Birdwells Tennisgesellschaft.

Ich selbst spielte nicht, aber die Lady hatte mich freundlich aufgefordert, gegen sechs Uhr zu kommen, wenn das Spiel zu Ende sei. Sie glaubte wohl, die Anwesenheit eines Geistlichen werde der Zusammenkunft eine gewisse Note verleihen, und vielleicht hoffte sie auch, daß sie mich zu einer Darbietung wie bei ihrer letzten Gesellschaft überreden könnte, wo ich nach dem Souper volle einundeinviertel Stunden am Klavier gesessen und die Gäste mit einem Vortrag über die Entwicklung des Madrigals im Laufe der Jahrhunderte unterhalten hatte.

Pünktlich um sechs Uhr erreichte ich auf meinem Fahrrad den langen Weg, der vom Gartentor zum Haus führte. Es war die erste Juniwoche, und die Rhododendronsträucher zu beiden Seiten standen in voller Blüte, purpurn und hellrot. Ich fühlte mich ungewöhnlich munter und verwegen. Nach dem Experiment mit den Ratten konnte mich nun niemand mehr überrumpeln. Ich wußte genau, was meiner harrte, und war entsprechend gerüstet. Das kleine Gitter um mich herum würde mich schützen.

«Ah, guten Abend, mein lieber Vikar», rief Lady Birdwell, als sie meiner ansichtig wurde, und eilte mit ausgestreckten Armen auf mich zu.

Ich hielt mannhaft stand und blickte ihr fest in die Augen.

«Wie geht's Birdwell?» fragte ich. «Ist er noch in der Stadt?»

Bestimmt hatte sie nie zuvor erlebt, daß jemand, der nicht zu Lord Birdwells Bekannten gehörte, in diesem Ton von ihm sprach. Sie erstarrte förmlich zur Salzsäule, sah mich sonderbar an und wußte offenbar nicht, was sie antworten sollte.

«Ich werde mich setzen, wenn Sie nichts dagegen haben», sagte ich und ging an ihr vorbei zur Terrasse, wo neun oder zehn Gäste bequem in Rohrsesseln lehnten und an ihren Drinks nippten. Die Gesellschaft bestand vorwiegend aus Frauen, der gewohnte Kreis, alle in weißen Tenniskleidern, und ich hatte den Eindruck, mein ehrbarer schwarzer Anzug werde es mir erleichtern, die erforderliche Distanz zu halten.

Die Damen begrüßten mich lächelnd. Ich verbeugte mich kurz und nahm auf einem freien Stuhl Platz, ohne ihr Lächeln zu erwidern.

«Ich erzähle meine Geschichte lieber ein andermal zu Ende», sagte Miss Elphinstone. «Ich glaube, sie würde unserem Vikar nicht gefallen.» Sie kicherte und warf mir einen schelmischen Blick zu. Ich wußte, daß sie auf mein übliches nervöses Lachen wartete und auf meine übliche Beteuerung, wie weitherzig ich sei, aber ich tat nichts dergleichen. Ich hob nur die eine Seite meiner Oberlippe, bis sie sich zu einem schwachen verächtlichen Lächeln kräuselte – das hatte ich am Morgen vor dem Spiegel ausprobiert –, und sagte scharf mit lauter Stimme: *«Mens sana in corpore sano.»*

«Wie bitte?» rief sie. «Noch einmal, Herr Vikar.»

«Ein sauberer Geist in einem gesunden Körper», antwortete ich. «Es ist der Wahlspruch meiner Familie.»

Daraufhin entstand ein ziemlich langes befremdetes Schweigen. Ich sah, daß die Damen Blicke wechselten, die Stirn runzelten und verstohlen den Kopf schüttelten.

«Unser Vikar ist schlechter Laune», verkündete Miss Foster, die Katzenzüchterin. «Ich glaube, er braucht einen Drink.»

«Danke», antwortete ich. «Wie Sie wissen, nehme ich keinen Alkohol zu mir.»

« Darf ich Ihnen dann vielleicht einen schönen kalten Fruchtcocktail mixen? »

Dieser Satz kam sanft und ganz unerwartet von jemand, der rechts hinter mir saß, und aus der Stimme klang eine so aufrichtige Hilfsbereitschaft, daß ich mich hastig umwandte.

Ich erblickte eine Dame von ungewöhnlicher Schönheit, die ich bisher erst einmal, etwa vor einem Monat, gesehen hatte. Sie hieß Miss Roach, und ich entsann mich, daß sie mir damals aufgefallen war, weil sie sich so sehr von den anderen unterschied. Ihre liebenswürdige und dabei zurückhaltende Art hatte mich stark beeindruckt, und die Tatsache, daß ich mich in ihrer Gegenwart wohl gefühlt hatte, ließ nur einen Schluß zu: Miss Roach gehörte nicht zu den Frauen, die sich mir in irgendeiner Weise aufzudrängen suchten.

« Sie müssen doch müde sein, nachdem Sie den weiten Weg geradelt sind », meinte sie.

Ich drehte mich vollends um und betrachtete sie aufmerksam. Sie war wirklich eine auffallende Erscheinung – erstaunlich muskulös für eine Frau, mit breiten Schultern, kräftigen Armen und strammen Waden. Ihr Gesicht, noch erhitzt von den Anstrengungen des Nachmittags, strahlte in einem gesunden Rot.

«Danke vielmals, Miss Roach», erwiderte ich, «aber ich rühre Alkohol in keiner Form an. Vielleicht ein Gläschen Zitronenlimonade…»

«Fruchtcocktail besteht nur aus Obst, Padre.»

Wie ich es liebe, Padre genannt zu werden! Das Wort klingt so militärisch – man denkt sofort an strenge Disziplin und Offiziersrang.

«Fruchtcocktail?» sagte Miss Elphinstone. «Eine völlig harmlose Sache.»

«Da ist nichts drin als Vitamin C», fügte Miss Foster hinzu.

«Viel besser für Sie als Brauselimonade», versicherte Lady Birdwell. «Kohlensäure greift die Magenschleimhaut an.»

«Ich hole Ihnen ein Glas», sagte Miss Roach und lächelte mir freundlich zu. Es war ein gutes, offenes Lächeln, und von einem Mundwinkel zum anderen konnte ich nichts Arglistiges oder Boshaftes darin entdecken.

Sie erhob sich und ging zu dem Tisch, auf dem die Getränke standen. Ich sah, wie sie eine Orange zerkleinerte, dann einen Apfel, eine Gurke, eine Traube. Das alles füllte sie in ein Glas und goß ziemlich viel Flüssigkeit aus einer Flasche dazu. Ich konnte die Aufschrift auf dem Etikett ohne Brille nicht lesen, aber ich glaubte einen Namen wie Jim oder Tim oder Pim zu erkennen.

«Ich hoffe, es ist noch genug davon da», rief Lady Birdwell. «Meine Kinder sind so gierig danach.»

«Reichlich», antwortete Miss Roach. Sie kam mit dem Glas zurück und stellte es vor mich hin.

Auch ohne das Getränk zu probieren, verstand ich, weshalb die Kinder so dafür schwärmten. Die Flüssigkeit war von einem dunklen Bernsteinrot, zwischen den Eiswürfeln schwammen Obststückchen, und Miss Roach hatte das Ganze mit etwas Minze garniert. Ich vermutete, sie habe die Minze eigens für mich dazugetan, um die Süße zu mildern und der Mischung, die sonst wohl nur für Jugendliche bestimmt war, einen «erwachsenen» Geschmack zu geben.

«Ist es Ihnen auch nicht zu dickflüssig, Padre?»

«Keineswegs», erwiderte ich und nahm einen Schluck. «Es schmeckt köstlich. Wirklich, ganz ausgezeichnet.»

Nach all der Mühe, die sich Miss Roach

gemacht hatte, schien es fast unrecht, das Getränk so schnell hinunterzugießen, doch es war derart erfrischend, daß ich nicht widerstehen konnte.

«Soll ich Ihnen noch eins zurechtmachen?»

Statt mir das Glas aus der Hand zu nehmen, wartete sie, bis ich es auf den Tisch gestellt hatte, und das gefiel mir.

«Die Minze würde ich aber nicht essen», sagte Miss Elphinstone.

«Ich will lieber noch eine Flasche aus dem Haus holen», rief Lady Birdwell. «Sie werden sie brauchen, Mildred.»

«Tun Sie das», antwortete Miss Roach. «Ich trinke Unmengen von dem Zeug», erklärte sie, zu mir gewandt. «Und ich glaube nicht, daß man mich abgemagert nennen kann.»

«Gewiß nicht», beteuerte ich eifrig. Ich beobachtete sie wieder beim Mischen des Getränks, und als sie die Flasche hob, sah ich unter der Haut ihres Armes die Muskeln spielen. Sie kehrte mir den Rücken zu, und ich bemerkte, daß sie einen prachtvollen Hals hatte, nicht dürr und sehnig wie die Hälse vieler sogenannter moderner Schönheiten, sondern fleischig und stark, mit einer kleinen Furche auf jeder Seite, wo die Sehnen vorsprangen. Bei einer solchen Person konnte man das Alter schwer erraten, aber ich schätzte sie auf nicht mehr als achtundvierzig oder neunundvierzig Jahre.

Kaum hatte ich mein zweites Glas geleert, als mich eine höchst merkwürdige Empfindung überkam. Mir war, als stiege ich von meinem Stuhl in die Luft, emporgetragen von Hunderten kleiner warmer Wellen, die unter mir fluteten. Ich fühlte mich leicht wie eine Wasserblase; alles um mich herum schien auf und ab zu schweben und dabei sanft von einer Seite zur anderen zu schwingen. Das war überaus angenehm, und ich verspürte eine fast unbezwingbare Lust, laut zu singen.

«Na, geht's Ihnen gut?» hörte ich Miss Roachs Stimme aus weiter Ferne. Ich drehte mich um und stellte zu meinem Erstaunen fest, daß sie dicht neben mir saß. Auch sie schwebte auf und ab.

«Großartig», versicherte ich. «Mir geht's einfach großartig.»

Ihr breites rosiges Gesicht war mir so nahe, daß ich den hellen Flaum sah, der ihre Wangen bedeckte. Im Sonnenlicht schimmerte jedes einzelne Härchen wie Gold. Plötzlich war ich versucht, die Hand auszustrecken und diese Wangen zu streicheln. Um ehrlich zu sein – es wäre mir gar nicht unangenehm gewesen, hätte sie das bei mir getan.

«Hören Sie», sagte sie weich, «wollen wir beide nicht einen kleinen Spaziergang durch den Garten machen und die Lupinen anschauen?»

«Fein», antwortete ich. «Wunderbar. Ganz wie Sie wünschen.»

In Lady Birdwells Garten befindet sich neben dem Krocketplatz ein kleines Sommerhaus, und ehe ich wußte, wie mir geschah, saß ich in diesem Sommerhaus neben Miss Roach auf einer Art Chaiselongue. Ich schwebte noch immer auf und ab, sie ebenfalls, und was das betrifft, ging es dem Sommerhaus auch nicht anders. Wunderbar war das. Ich fragte Miss Roach, ob ich ihr etwas vorsingen solle.

«Jetzt nicht», erwiderte sie, schlang die Arme um mich und zog meine Brust so fest an die ihre, daß es weh tat.

«Lassen Sie», sagte ich schmelzend.

«So ist es schön», murmelte sie in einem fort. «So ist es schön, nicht wahr?»

Hätte Miss Roach oder irgendein anderes weibliches Wesen eine Stunde zuvor dergleichen getan, ich weiß nicht, was passiert wäre.

Wahrscheinlich wäre ich in Ohnmacht gefallen. Vielleicht sogar gestorben. Nun aber, obwohl ich noch immer derselbe war, störte es mich kein bißchen, daß diese üppigen nackten Arme meinen Körper berührten. Im Gegenteil – und das war das erstaunlichste an der Sache –, allmählich erwachte in mir der Wunsch, die Umarmung zu erwidern.

Ich nahm ihr linkes Ohrläppchen zwischen Daumen und Zeigefinger und zog spielerisch daran.

«Unartiger Junge», sagte sie.

Ich zog stärker und drückte gleichzeitig ein wenig. Das erregte sie in solchem Maße, daß sie wie ein Schwein grunzte und schnaufte. Ihr Atem wurde laut und keuchend.

«Küß mich», befahl sie.

«Wie?» fragte ich.

«Los, küß mich.»

In diesem Augenblick sah ich ihren Mund, ihren großen Mund langsam auf mich zukommen, sich öffnen, sich immer weiter öffnen, und auf einmal fühlte ich, wie sich mir der Magen umdrehte, und ich erstarrte vor Schreck.

«Nein!» schrie ich. «Nein, Mammi, nein!»

Glauben Sie mir, in meinem ganzen Leben habe ich nichts Entsetzlicheres gesehen als diesen Mund. Ich konnte es einfach nicht ertragen, daß er mir näher und näher kam. Hätte mir jemand ein rotglühendes Eisen ins Gesicht stoßen wollen, ich wäre längst nicht so versteinert gewesen, das schwöre ich. Die starken Arme hielten mich fest umschlungen, so daß ich mich nicht rühren konnte, und der Mund wurde größer und größer. Plötzlich war er dicht über mir, riesig, feucht, ein klaffendes Loch – und in der nächsten Sekunde war ich drinnen.

Ich befand mich ganz in dem riesigen Mund, lag längs der Zunge auf dem Bauch, mit den Füßen irgendwo in der Gegend der Kehle, und ich wußte instinktiv, daß ich genau wie das kleine Kaninchen lebend verschluckt werden würde, wenn es mir nicht sofort gelang zu entkommen. Ich fühlte, wie meine Beine durch eine Art Sog in den Schlund hinabgezerrt wurden, hob rasch die Arme, packte die unteren Vorderzähne und hielt mich aus Leibeskräften daran fest. Mein Kopf war nahe der Mundöffnung, ich konnte sogar zwischen den Lippen ein Stückchen Außenwelt sehen – den gebohnerten Holzfußboden des Sommerhauses, der im Sonnenschein glänzte, und darauf einen gigantischen Fuß mit einem weißen Tennisschuh.

Ich hatte mich krampfhaft an den Rand der Zähne geklammert und war dabei, mich trotz des Sogs langsam zum Tageslicht hinaufzuziehen, als plötzlich die oberen Zähne auf meine Fingerknöchel schlugen und so wütend zubissen, daß ich loslassen mußte. Ich glitt abwärts, die Füße voran, und suchte dabei wie verrückt nach irgendeinem Halt, aber alles war so weich und glatt, daß ich nichts packen konnte. Als ich an dem letzten Backenzahn vorbeirutschte, sah ich etwas Goldenes aufblitzen, und drei Zoll weiter erblickte ich über mir etwas, was wie ein dicker roter Stalaktit vom Gaumen herabhing und wohl das Zäpfchen war. Ich griff mit beiden Händen danach, aber das Ding glitschte durch meine Finger, und ich sauste in die Tiefe.

Ich erinnere mich, daß ich um Hilfe rief, doch ich vermochte kaum meine eigene Stimme zu hören, weil die Kehle von lärmenden Atemzügen widerhallte. Hier schien immer eine steife Brise zu wehen, ein merkwürdiger, wechselnder Wind, der bald sehr kalt (beim Einatmen) und bald sehr heiß (beim Ausatmen) war.

Ich brachte es fertig, mich mit den Ellbogen an einer scharfen, fleischigen Erhebung festzuhaken – vermutlich war es der Kehldeckel –, blieb dort einen Augenblick hängen und strampelte mit den Beinen, um an der Wand des Schlundes Halt zu finden, aber eine heftige Schluckbewegung der Kehle riß mich mit, und es ging wieder abwärts.

Von nun an gab es nichts mehr, woran ich mich hätte klammern können, und ich glitt tiefer und tiefer, bis meine Beine im oberen Teil des Magens baumelten. Ich fühlte, wie mich die langsame, starke rhythmische Darmbewegung ergriff und mich immer weiter nach unten beförderte.

Hoch über mir, draußen an der frischen Luft, hörte ich Frauenstimmen schwatzen:

«Das kann doch nicht wahr sein…»

«Meine liebe Mildred, wie schrecklich…»

«Der Mann muß verrückt sein…»

«Ihr armer Mund, schauen Sie ihn nur an…»

«Ein Wüstling…»

«Ein Sadist…»

«Wirklich, wir sollten an den Bischof schreiben…»

Und dann Miss Roachs Stimme, lauter als die anderen. Sie kreischte wie ein Papagei und fluchte wie ein Landsknecht. «Der kleine Dreckskerl hat verdammtes Glück, daß ich ihn nicht umgebracht habe. Hören Sie, sagte ich zu ihm, wenn ich mir einen Zahn ziehen lassen will, dann gehe ich zum Zahnarzt und nicht zu einem lausigen Vikar... Dabei habe ich ihm nicht die geringste Veranlassung gegeben...»

«Wo steckt er denn jetzt, Mildred?»

«Weiß der Himmel. Wahrscheinlich in dem verwünschten Sommerhaus.»

«Los, Kinder, wir wollen ihn aufstöbern!»

O Gott, o Gott. Wenn ich jetzt, nach drei Wochen, auf das alles zurückblicke, begreife ich nicht, wie ich den Alpdruck dieses entsetzlichen Nachmittags überlebt habe, ohne den Verstand zu verlieren.

Sich mit einer solchen Hexenbande einzulassen ist sehr gefährlich, und wäre es ihnen gelungen, mich in dem Sommerhaus zu erwischen, sie hätten mich in ihrer sinnlosen Wut auf der Stelle in Stücke gerissen.

Entweder das, oder sie wären mit mir durch die Hauptstraße des Dorfes zur Polizeiwache marschiert, Lady Birdwell und Miss Roach an der Spitze der Prozession.

Aber natürlich erwischten sie mich nicht.

Es ist ihnen damals nicht gelungen, und es ist ihnen bis heute noch nicht gelungen, und wenn mir das Glück treu bleibt, bin ich für immer vor ihnen sicher – oder jedenfalls für einige Monate, und dann ist ohnehin Gras über die dumme Geschichte gewachsen.

Wie Sie sich denken können, muß ich mich ganz für mich halten und darf mich weder bei öffentlichen noch bei privaten Zusammenkünften blicken lassen. In einem solchen Fall ist Schreiben eine sehr wohltuende Beschäftigung, und ich verwende täglich viele Stunden darauf, mit Sätzen zu spielen. Jeder Satz ist für mich ein Rädchen, und ich habe den Ehrgeiz, mehrere hundert davon zu sammeln und sie da zusammenzufügen, mit ineinandergreifender Verzahnung, wie ein Getriebe, aber jedes Rad von verschiedener Größe und verschieden schneller Umdrehung. Hin und wieder versuche ich, ein sehr großes Rad mit einem sehr kleinen zu verbinden, und zwar so, daß die langsame Bewegung des großen Rades ein summendes Herumwirbeln des kleinen bewirkt. Eine äußerst knifflige Angelegenheit.

Abends singe ich oft Madrigale, aber dabei vermisse ich sehr mein Spinett.

Trotzdem fühle ich mich hier ganz wohl

und habe mir alles so gemütlich gemacht wie nur möglich. Es ist ein kleines Zimmer, das höchstwahrscheinlich im ersten Abschnitt des Zwölffingerdarms liegt – gleich dahinter, in Höhe der rechten Niere, führt er senkrecht nach unten. Der Boden ist ganz eben – die erste ebene Stelle, die ich bei dem schrecklichen Absturz erreichte –, und nur deswegen gelang es mir, hier festen Fuß zu fassen. Über mir sehe ich eine Art Öffnung, die ich für den Pförtner halte, wo der Magen in den Dünndarm mündet (ich entsinne mich, daß meine Mutter mir schematische Zeichnungen der Verdauungsorgane zeigte), und unter mir ist in der Wand eine merkwürdige kleine Höhle, die Mündung des Ausführungsganges der Bauchspeicheldrüse in den Zwölffingerdarm.

Für einen konservativ eingestellten Mann wie mich ist diese Behauptung ein wenig bizarr. Eichenmöbel und Parkettfußboden wären mehr nach meinem Geschmack. Etwas aber gibt es hier, was mir so gefällt, und das sind die Wände. Sie sind wunderschön weich, wie gepolstert, so daß ich nach Herzenslust gegen sie anrennen kann, ohne mir weh zu tun.

Zu meinem größten Erstaunen habe ich

hier mehrere Menschen vorgefunden, zum Glück ausschließlich Männer. Aus irgendeinem Grunde tragen sie alle weiße Kittel. Sie tun sehr geschäftig und kommen sich offenbar ungemein wichtig vor. In Wirklichkeit sind sie samt und sonders erbärmliche Dummköpfe. Sie scheinen nicht einmal zu wissen, wo sie sind. Ich versuche dauernd, es ihnen zu erklären, aber sie hören einfach nicht zu. Manchmal bringen sie mich so zur Verzweiflung, daß ich meinen Gleichmut verliere und anfange zu schreien. Dann erscheint auf ihren Gesichtern ein lauernder, mißtrauischer Ausdruck; sie weichen langsam zurück und sagen: «Ja, ja, nur ruhig. Nur ruhig, Herr Vikar. Nicht aufregen. Schön brav sein.»

Was soll so ein Gerede?

Aber da ist auch ein älterer Herr – er besucht mich jeden Morgen nach dem Frühstück –, der anscheinend etwas mehr in der Wirklichkeit lebt als die anderen. Er ist höflich und würdevoll, und ich glaube, er fühlt sich einsam, denn er sitzt mit Vorliebe in meinem Zimmer und hört mir zu. Ärger gibt es nur, wenn wir auf unseren Aufenthaltsort zu sprechen kommen; dann sagt er immer, er wolle mir zur Flucht verhelfen. Auch heute morgen redete er davon, und gleich war der Streit da.

«Verstehen Sie doch», sagte ich geduldig, «ich *will* nicht fliehen.»

«Aber warum denn nicht, mein lieber Vikar?»

«Wie oft soll ich Ihnen noch erzählen, daß sie draußen nach mir suchen.»

«Wer?»

«Miss Elphinstone und Miss Roach und Miss Prattley und die anderen.»

«Was für ein Unsinn.»

«Doch, sie verfolgen mich. Und ich glaube, hinter Ihnen sind sie auch her, Sie wollen es nur nicht zugeben.»

«Nein, lieber Freund, hinter mir sind sie nicht her.»

«Würden Sie mir dann gütigst erklären, was Sie hier unten tun?»

Das verblüffte ihn etwas, und er wußte offensichtlich nicht, was er antworten sollte.

«Ich wette, Sie haben sich mit Miss Roach eingelassen und sind ebenso verschluckt worden wie ich. Jawohl, genau das ist passiert, Sie schämen sich nur, es einzugestehen.»

Als ich das sagte, sah er auf einmal so blaß und niedergeschlagen aus, daß er mir leid tat.

«Soll ich Ihnen ein Lied vorsingen?» fragte ich.

Er erhob sich, ohne zu antworten, und ging langsam hinaus.

«Mut, lieber Freund», rief ich ihm nach. «Seien Sie nicht traurig. Es gibt immer Balsam in Gilead.»